此情·此景·此心

舒婷（广州） 著

我真的不是故意，只是习惯地，
乍见花开，便伤花谢，
未曾聚首，便痛分离。

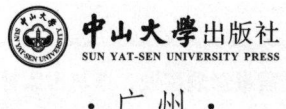
中山大学出版社
SUN YAT-SEN UNIVERSITY PRESS

·广 州·

版权所有　翻印必究

图书在版编目（CIP）数据

此情·此景·此心/舒婷著．—广州：中山大学出版社，2014.7

ISBN 978-7-306-04931-5

Ⅰ. ①此… Ⅱ. ①舒… Ⅲ. ①散文集—中国—当代 ②散文诗—诗集—中国—当代 Ⅳ. ①I217.2

中国版本图书馆 CIP 数据核字（2014）第 125497 号

出版人：徐　劲
策划编辑：钟永源　黄智华
责任编辑：钟永源
封面设计：林绵华
责任校对：杨文泉
责任技编：黄少伟
出版发行：中山大学出版社
电　　话：编辑部 020-84111996，84113349，84111997，84110779
　　　　　发行部 020-84111998，84111981，84111160
地　　址：广州市新港西路 135 号
邮　　编：510275　　　　传　真：020-84036565
网　　址：http://www.zsup.com.cn　　E-mail：zdcbs@mail.sysu.edu.cn
印　刷　者：广州家联印刷有限公司
规　　格：787mm×1092mm　1/16　12.5 印张　218 千字
版次印次：2014 年 7 月第 1 版　2015 年 9 月第 2 次印刷
定　　价：30.00 元

如发现本书因印装质量影响阅读，请与出版社发行部联系调换

编 者 按

　　笔者认为，文章是一种艰苦的语言艺术排列，绝不是卤水加豆浆的豆腐汤。《此情·此景·此心》作者舒婷是"70后"的新秀，在教学与写作园地耕耘十几年，围绕散文写作、小说写作和诗歌创作进行了多方面的探讨，本书就是这种探讨的集中概括。她——成功了！

什么是情感？情感与意境的交融

　　情感，字典诠释是：对外界刺激肯定或否定的心理反应，如喜欢、愤怒、悲伤、恐惧、爱慕、厌恶等。意境，指文学艺术作品通过形象描写表现出来的境界和情调。《此情·此景·此心》分为上篇、中篇、下篇共60多篇短文，作者面对其情、亲历其境，发自内心深处的、以跳跃性的情调、语境、笔画或线条，用意示结构创造了意会艺术境界。亦即诗人、艺术家以意示手法成像所创造的意会艺术。所以，我说作者的创作成功，这是缘由之一。

何谓文气？文气的广义

文气，指文静，不粗野；指文章的连贯性，贯穿在文章里的气势。根据《此情·此景·此心》的描述，作者抒发内心感受的同时，是与文章同时产生的、存在之气，是一种高级运动着的物质性形式；其外化广义表现为文章的气势与氛围。这是作者成功创作缘由之二。

美是什么？美与丑的对立，情与美的交融

美，是人们向往和追求的，美丽、美好、令人满意、得意或得体，等等；"美"的反义词"丑"，丑陋、丑态百出、不光彩，使人厌恶或瞧不起的。

情与美的交融，贯穿于全书各篇章中。尤其是对母亲之情，如《爱，无处安放》、《痛失》、《萦绕》、《大爱无边》，等等。作者从小就不相信有鬼神，"从小就不肯参加扫墓、祭祀"，当她母亲将要离世之时，曾多次试图抱"佛脚"，深夜爬上楼顶，"跪倒在地，燃烧着大把大把香烛，对着苍穹膜拜，希望上天能听到我的呼声，……用我20年的寿命，换回母亲多活10年"的祈祷。作者那朴实生动、情真意切的绵绵诉说，令人深深地感受到她的童年、少年、成年的悲苦和辛酸，读之催人泪下。这是成功创作缘由之三。

美的心灵路向

舒老师从教十几年，作为一名中学高级政治课老师，她以严谨的教学态度，活泼风趣的教学风格，为人师表的人格魅力，受人称赞的教学效果，赢得了学生和

家长的美誉,确立了美的口碑。

在坚持教书育人这块教学园地的同时,她利用课余时间探究创新,对"我活着还可以做什么"进行一种新的探究,本书的出版,无疑就是这种探究的例证,是对积极人生的一个完美的总结。

美是客观存在的吗?

本书主题是《此情·此景·此心》刻画的是心灵美、艺术创作真、善、美,以及对朋友挚爱之情。试问:美是客观存在的吗?真挚的朋友是天上"掉"下来的吗?想知道这些信息,想得到这些知识,敬请细看各篇章的内容。

中山大学出版社　钟永源(副编审)
2014年6月

爱在心灵间

——读舒婷散文集有感

罗铭恩

舒婷是一位女性作家，现任广州市黄埔区港湾中学高级教师，业余时间多从事文学创作，收获颇丰。这次出版的散文集《此情·此景·此心》共收入她的60多篇作品，内容集中在亲情、友情、爱情方面以及作者对人生和社会的感悟。在这些说不尽的情怀中，又凝聚着令人难忘的真情、温情、深情，读来感慨万千，思考良多。

本集子的作品大多属于记叙性散文，作者在叙事中善于抓住人物、事件、景物中的细节和特征，揭示事情的来龙去脉，表达自己的感情世界，起到紧扣读者心弦的作用。其中作者关于对母亲的回忆和记述，正是这种表述手法的鲜明体现，也是情感渲泄的重要体现。作者的母亲是一位美丽、善良、任劳任怨的女性，她有着坚韧的毅力和忍辱负重的性格，容得下人生中的困难挫折与酸甜苦辣。这位母亲与疾病抗争了许多年，即使有一丝生存的机会也不放弃，直到辞世前的一瞬间仍然惦念着心爱的女儿，轻轻伸出一只手来想让女儿把自己从死亡的边缘上拉回来。这个细节读来令人感叹，令人唏嘘和纠结。正是这样一位母亲，把自己的善良品性、坚强个性传承给了女儿，使女儿明白了处世做人、待人接物的道理。而作为作者本人，也是一个懂得孝道和感恩的人，她的身上有一种难舍的父母情结，那是一种灵魂深处的热爱，一种永远无法割舍的情愫，这种情愫不会随着岁月的流逝而淡忘，反而会越来越浓烈。在本集子的"轮回"一文中，读者看到了作者那段充满深情的表白："故乡和母亲是连在一起的。无论我怎样漂泊，母亲是我心中永恒的根，即使遥远的故乡在清冷的冬夜瘦成了一轮弯月，母爱的光辉也会穿越时空而来，温暖着我在他乡的清梦。""即使母亲去了天国，带走了我心中的家，我依然常常在梦里自由行走，常常行走在和母亲相依相偎了二十年的老屋。那里有母亲深深的气息，那里有我不曾褪色的幸福记忆。原来不管我身在何处，我的魂早已生根。在那里，没有时空的距离，我的灵魂和母亲的灵魂可以相遇，不会分离。"这种真情的表白，无论从今天道德的层面上来说，还是从传统孝义的层面上说，都是值得称道和提倡的。

　　本集子的若干作品，也表现出较强的抒情性。作者在其抒情散文中，凸现出细腻的笔触，饱满的感情，丰富的想象力。在有关作品中，作者在写自己的亲身经历的同时，表达出自己的切身感受，抒发出强烈的感情色彩，时而直抒胸臆，时而借景抒情，时而借事抒情，流露出作者对人和事的真情实感。在"岁月"一文中，作者在回忆往昔岁月的喜怒哀乐时，写下了一段令人回味的景物描写："喧嚣张扬的夏终于在阳光日渐慵懒的疲惫中安静，从稚嫩到墨绿，一季的沉积，秋变得丰盈厚实。风吹过，捎来深秋高亢清凉的气息。透过树叶的空隙，洒下来的阳光，如同每一寸走过的光阴，细碎而斑驳，在记忆的河床闪着幽蓝的光。静静地回首，那些喜怒哀乐的片断，结绳记事般，穿过时光的隧道，逶迤而来。"而作者在"四月芳菲尽，似是故人来"一文中，则通过对景物的描写，抒发出自己对挚友的想念。文章的一开头写道："远远的，墙角边那颗榕树换上了新装，在对春天的想望里长满了幼嫩的芽。时光料峭，一夜春风一夜雨，鹅黄铺满地。像是错过季节的想念，默默的，散落一地相思。"作者通过对上述景物的描写，抒发出自己对朋友的牵挂和相思，读来令人难忘。

舒婷在她的散文集《此情·此景·此心》中，有些篇章表现了较强的思辨色彩，这也是当下散文的一种特色。笔者所说的思辨色彩，主要是指作者在其文集中，不论叙事、议论、忆旧、抒怀等，都凝聚着她对人生和世事的认真思考，并把这种思考转化成一种哲理，给人以启迪。比如在"长大"一文中，作者描述了儿子的成长过程，描述了自己对儿子的关心和疼爱。而随着儿子的长大，逐渐会疏离母亲，这使母亲有点失落。但作为母亲，作者也明白一条道理，随着儿子的成长，他终究会独立生活的。作为父母要给儿子足够的空间，不必步步尾随。作者在写到自己的这种感悟时，引用了龙应台在"背影"中的一段话："我慢慢地、慢慢地了解到，所谓父女母子一场，只不过意味着，你和他的缘分就是今生今世不断地在目送他的背影渐行渐远。你站在小路的这一端，看着他逐渐消失在小路转弯的地方，而且，他用背影默默告诉你：不必追。"作者并没有把笔触停留在引用别人的话语上，而是作了一个很好的借题发挥，借此抒发出自己的见解："在成长的过程中，有太多他感兴趣的东西他觉得必须关注，有太多他认为重要的东西需要他去探索，父母的心情，他无暇兼顾。不要紧，总有一天，他的心思不会再花费在五光十色却和他毫无关系的事物上面，他就会放慢脚步，回过头来。"这也是作者对儿子的一种期待。

舒婷在其散文集中，有不少篇章是写她和同窗好友或其他朋友之间的情谊的。朋友是一种缘分，也是一种财富，一个好的朋友对自己的事业和生活会产生良好的催化剂作用。你要找到好朋友，首先就要爱朋友，只有爱朋友才会得到真正的朋友和知己。作者用不少篇幅，写了自己与挚友的友情，这种友情使作者的学习和生活得到充实。作者感到高兴的是，她在困难时得到朋友的帮助，在孤独时得到朋友的慰藉，在烦恼时得到朋友的解脱。朋友，一个多么崇高而友好的字眼，在当今物欲横流的商品社会，这种真挚的朋友之情是非常难得、非常宝贵的。我们看到了作者笔下的一群好友,其中最突出的一个叫"凤",一个叫"祺",一个叫"梅",还有一个是来自遥远北方的小君。这些朋友,与作者可谓患难相交,兴趣相同。在朋友的身上,可以看到作者的影子;而在作者的身上,又可以看到朋友们的影子。对于朋友间的缘分,作者难免有一番感叹,她在"今生相遇"一文中写道:"人到世间一遭,从起点到终点,山一程水一程,漫长的旅途,驿站无数。茫茫人海,人如流沙,或错过,或擦肩,或结伴而行。无缘错过,捻一色丹青,留一纸空白,于风景明媚处,又一方天高云淡;有缘擦肩,一念之间,低眉回首处,莫叹缘浅;若能结伴而行,莫怨相牵不远,光阴的两岸,你的眉眼,或许就是,我一生的水源。"对于真正的朋友,作者由衷地从心底里说出一句话:"真好!这辈子,感谢有你。"

  我们在这本集子里,清楚地看到了作者对亲人、对朋友的深情厚意。作者热爱生活,热爱社会,热爱自己的教师职业。她在守住自己的神圣工作岗位时,也守住文学的一份热情,守住心灵的一份美丽。她在作品中流露出来的亲情、友情、爱情是真诚的、热烈的、深厚的,因而也是动人的。我们期诗她进一步拓宽自己的生活视野,增加作品的广度和深度,写出更多富有生活气息和时代气息的好作品。

  (本文作者曾任广州市作家协会副主席、广州市文

艺批评家协会副主席兼秘书长、广州市文艺创作研究所所长。现任《中国粤剧网》执行副主编、广东散文诗学会副会长）

目 录

上篇 今 生 爱

一、遇见初心 …………………………………… (3)
  时间（外三章）………………………………… (4)
  卿本多情 ………………………………………… (7)
  与子相悦 ……………………………………… (11)
  相守，那份约定 ……………………………… (13)
  幸福，如此简单 ……………………………… (15)
  无缘幸福 ……………………………………… (19)
  时光太浅 ……………………………………… (23)
  茑萝 …………………………………………… (25)
  爱，无处安放 ………………………………… (27)
  经过 …………………………………………… (31)
  过客 …………………………………………… (35)
  离开 …………………………………………… (38)

二、浮世清欢 …………………………………… (40)
  你我的天涯 …………………………………… (41)
  流年 …………………………………………… (43)
  陌上流年 ……………………………………… (45)
  微雨寒 ………………………………………… (48)

烟花倾城 …………………………………… (50)
红尘岁月 …………………………………… (53)
如果有下辈子 ……………………………… (56)
归途 ………………………………………… (58)
转身 ………………………………………… (60)
不说再见 …………………………………… (62)

三、不散宴席 …………………………………… (64)
泪汀 ………………………………………… (65)
如若归去 …………………………………… (67)
有一种寂寞叫坚持 ………………………… (70)
心痛 ………………………………………… (73)
凝固的爱 …………………………………… (76)
孤单记忆 …………………………………… (79)
想你，只为忘记 …………………………… (82)
流星 ………………………………………… (85)
最后的记忆 ………………………………… (87)
做你希望的快乐女子 ……………………… (90)
这个世界我来过 …………………………… (93)
最后 ………………………………………… (96)
如果爱有轮回 ……………………………… (98)
三生三世之水瓶嫁处女 …………………… (102)
婚姻，一场赌博 …………………………… (105)
做你手心里的宝 …………………………… (108)

中篇 念亲恩

一、离散 ………………………………………… (115)
我不孤独 …………………………………… (116)
痛失 ………………………………………… (119)

遗憾 …………………………………………（122）
萦绕 …………………………………………（126）
岁月 …………………………………………（129）
轮回 …………………………………………（132）
天堂 …………………………………………（136）
归人 …………………………………………（139）
可是，我想你 ………………………………（142）
大爱无边 ……………………………………（144）

二、轮回 ………………………………………（146）
注定 …………………………………………（147）
收获 …………………………………………（150）
贺礼 …………………………………………（152）
咖啡的滋味 …………………………………（155）
长大 …………………………………………（157）
儿子，我想对你说 …………………………（161）

下篇 朋 友 情

四月芳菲尽，似是故人来 …………………（166）
你在远方还好吗 ……………………………（169）
今生相遇 ……………………………………（172）
今生今世 ……………………………………（175）
这辈子，感谢有你 …………………………（178）

后记 …………………………………………（180）

上篇 今 生 爱

一、遇见初心

繁华浮生谁与共？红尘紫陌喜相逢。

时间（外三章）

  时间，被我装订成册，一页一页，或明亮或暗淡，一如你的影子，用无语，述说每一个与光阴有关的故事。

  水样的夜色，谁说只属于秋季？春的水袖，拂过花红柳绿。邻家的院门，关不拢那一墙火红的杜鹃，关不住那一室的暗香浮动。头顶上一声清脆的雁鸣，给白色的云朵描上一个浅色的侧影，苍穹瞬间明媚。

  繁花似锦，这样的夜色，该有一颗雀跃的心，仰望满树繁花，把春花望成秋实。

生命的绽放

  昨夜从花树下走过，曾惊诧是怎样的一方水土，孕育出满树丰厚的繁花，在如此萧索清冷的冬夜，仍不管不顾地热烈地绽放。

  花有花语，朵朵的灿烂妩媚，是前世一份怎样的希冀？

  纷纷坠花飘香砌，夜寂静，寒声碎。一夜疾风，丝丝花雨，残红满地。一树触目惊心的颓败,一地惊心动魄的凄美。

不日,再从花树下走过,横丫直指的枝头,已经绽放新绿。星星点点的淡绿,在枝头,在末梢,迎风轻轻颤动,胆怯而惹人爱怜。新一轮的春意,宣告生命的生生不息。

经历了冬的清冽,才向往春的幽静,没有夏的炽热,何来秋的丰盈?风雨中的涅槃,才换来了生命的又一季。

岁月轮转里,生命栉风沐雨,在人生的枝头上,绽放出沁人的酽酽绿意!

红花何需绿叶扶

春风拂过万千花开,粉的藕荷,黄的迎春,红的合欢。一花一生命,浅笑嫣然,明眸皓齿。一湖碧影,伴一世娇颜。

一步台阶,一寸时光。亭台楼角处,一团团一簇簇的杜鹃花,蓬勃且热烈,热闹而喧哗。春光里,这一场令人动容的视觉盛宴,是一份不到极致不罢休的生命誓言。是谁曾花荫下驻足,让你今生倾尽所有,做一痴情女子,还他一世情深?

一季花影,一城春光。草青叶绿,你站在高处,和季节遥遥相望。遍地花红柳绿,你看遍叶落花谢,看尽儿女情长。枝头末梢,朵朵花蕾,与雾霭、流岚作伴,傲视寒流风霜。日出月落,你像高举的火炬,守卫着这座美丽的城市。点点猎红,在枝头树丫,开成满树丰硕繁花。

红棉,你是花中翘楚,万花丛中,你站在别人无法企及的高度。多少花之娇颜需绿叶拥簇,你看飞叶落尽,从容伫立枝头,谱写的是英雄的气度——红花何需绿叶扶!

如 果 你 在

(张国荣逝世十周年)

一场大雨,打湿了整个春季。

点点落红,是墙角那棵怒放的杜鹃昨晚的泪;满地落叶,以涅槃的姿势成全树新生的期盼。

看着落叶蹁跹而下的美姿,总想起那个风华绝代的你。

10年前,你在4月的初始,以一个飞跃而下的姿势,历练了人间的生与死。仰望你的众生,长歌当哭,在烟雨载不动的哀伤里,把此后的4月,蔓延成一个雨季。

46岁,你生命的光华永远栖息在众生的心里。

10年,仍不愿世人或嘲笑或不屑地评论你的生与死。生命对于一个人的意义,就是让你有权利去选择更加快乐或者不再痛苦的方式。

思念,总在不舍里存活,和眼泪一起,直抵心底。

对于每一个我们热爱过的人,所有的不舍,最终凝成一句:如果你在……

如果你在,我们一起,用更深厚的爱,对生命进行全新的诠释。

卿 本 多 情

（一）

在那个没有电脑没有玩具没有卡通只有黑白电视露天电影的年代，贫瘠土壤里的繁华想象总能滋生出无边的浪漫。

小妞就生活在那个时代。

高龄产妇妈妈诞下的小妞虽然一年有超过一半时间抱着药罐子，但这并不影响小妞对美好事物的向往，包括感情。没有兄弟姐妹的小妞比一般的女孩子更害怕孤独，不满足只有几个同性好友，她异常成熟地把目光投向了异性。当她发现班里的小树是最帅的帅哥时，她想象着将来长大后嫁给他好不好？但有一点是遗憾的：小妞对女伴说："可惜他们家是富农。"女伴有些不屑："你们家还是地主呢！"

爷爷奶奶起早摸黑积聚财富的结果是小妞连财富的影子都没见着头上就被扣上了地主成分的帽子。女伴的话打消了小妞的顾虑，看来不是要下嫁，反而是有点高攀了。家徒四壁，小妞在送什么给对方做定情礼物这个问题上绞尽了脑汁。目光最后定格在感冒发烧时被医生打 PP 针的针水盒上，那无疑是最好的笔盒。等小妞把爬在高高树上掏鸟窝的小树叫下来，郑重其事地把针水盒交给小树时，小树欣然接受，却不知道小妞此举还窝藏着肮脏的目的。

那一年，小妞六岁半，读小学二年级。

（二）

上到初二，小妞发现坐在后面的那个圆脸男孩很可爱，但原来温情脉脉的小妞已经开始有些飞扬跋扈。在一次谁的桌子太前谁的椅子太后的争执中，小妞异常孔武有力地掀翻了圆脸男孩的桌子。小妞认为：此等有失淑女风范的冲动粗鲁举动，完全是父母和老师宠出来的结果。

初三举家搬迁，小妞住宿新校。过多的空余时间沉浸在琼瑶小说里，不知不觉地就变成了故事中女主角，在剧情中上演聚散别离。这让开始发育的小妞变得伤感而忧郁。

临近升中考试，小妞经常一人漫不经心的拿着一本书，坐在教室后面的山坡上，在落日的余晖中，遥望着对面山坡上那个白净瘦长的同班男孩的身影，尽管心里充满了离愁别意，但"男女授受不亲"的古风浸染下的淑女，只是矜持地把余光中的《乡愁》在脑中反复地过滤，然后变成了"我在这头，他在那头……"

（三）

高中的小妞出落得亭亭玉立。一头黑亮柔顺的长发随风飘舞。一双一笑弯成两轮弯月的眼睛，一个若隐若现的小酒窝长在一张白皙清秀的小脸上。那时的小妞，清高、目不斜视。屁股后面总跟着一班小姐妹，小妞在意气风发之外，开始变得一脸正气。偏有小男生懵懂无知，写一些幼稚但却令人脸红心跳的纸条塞到小妞的抽屉里。对此等下作之举，小妞想都没想，那些纸条就到了班主任的手里，成了检举揭发的呈堂证据。这反而让那些受金庸梁羽生武侠小说荼毒的小男生着迷。小妞活脱脱就是一个嫉恶如仇的小侠女！

想起诸如自己说不喜欢男人有胡子就有男生把自己的脸刮得通红一毛不剩，小妞一脸的坏笑；对那个说要上小妞家做上门女婿，将来和小妞一起照顾她父母，后来为保护小妞打架得罪了黑社会，最后远走他乡的男孩，小妞满心的愧疚；却陷入那个大眼睛男孩的默默注视中，学会了写诗。

（四）

是上天开了个玩笑还是命运本该如此？填报了那么多的高考志愿，却是经班主任的手修改，小妞双手合十祈祷别被选中的志愿得到了上天的眷顾。这令小妞颓废了很长时间。

从此，师范大学的校园里多了个小妞。只是此时，小妞已经长成大妞。长成大妞的小妞素衣布裙，依然长发飘飘。只是此时，小妞已经没有了年少轻狂的浪漫，矜持地守着选男友就是选结婚对象就是为父母选女婿的原则，冷冷地看着伊甸园里的红男绿女，拒绝一切师范男生温情的橄榄枝。小妞手里紧紧攥着的绣球一直没有抛出去，就像伊甸园里没有接受过蛇的欺骗和诱惑的夏娃一样素洁纯净。一个男生四年如一日的含情脉脉，使小妞不忍对视。只是一如既往地写着诗。

诗和小妞一样忧郁。

（五）

  小姐的缘分源于父亲的生病。父亲的生病使一个暗恋小姐六年的男孩来到身边，应验了"蓦然回首，那人却在灯火阑珊处"的谶语。

  或许冥冥之中一切真有注定？只是风风雨雨过后，在岁月的纵深处，回首所有的喜怒哀乐，冷风漠漠，谁是其间着葛衣行走的过客？

  那些在清凉晨风中曾经友好爱怜的温良少年已经成为生命中的风景，一如岁末的月，皎洁寂静……

与 子 相 悦

　　花开花落，是自然的宿命还是生命的轮回？
　　　　　　　　　　　　　　——题记

　　梅花开了，一树树，一排排，漫山遍野，一路芬芳。
　　"怎么没有红梅？"略带遗憾的声音在后面响起。果然，满眼望不尽的白梅，雪白的花，淡绿的花蕊，像极了待在深闺中的羞涩女子的清丽小脸。世人多爱红梅，爱它入目时的艳丽，爱它张扬的妩媚。我却爱白梅在花木扶疏、桃柯掩映的门户后面的娉娉婷婷，没有浓妆淡抹的庸俗脂粉气，却清雅可人。
　　一直最想看的还是樱花，想着那纯白世界里一团团一簇簇的粉红或淡紫，迷迷荡荡，让人觉得拥簇着的生命是何等的热烈和奔放？眼前清冷的白梅和想象中的热闹的樱花都是自然界的精灵，只是花开过后，有多少人会怜惜花期过后门可罗雀的凄清？
　　突然想起崔护的那句诗："人面不知何处去，

桃花依旧笑春风"。其实，花开花落也不过是一场寂寞的例行演出，是生生世世逃不过的轮回。倾尽全力而来，只为演好这一生，这方谢幕那方登场，热闹过后，谁人泪垂？人面已去，桃花也老，只有春风知。

总在欢乐之际已觉凄清，总在花开之时看见凋零。熙熙攘攘的人世间，一站又一站，去的去来的来，谁做了谁的风景？谁是谁的永恒？见惯了太多的聚散别离，为谁哭为谁笑，冷暖自知，无人可以代替。行走在路上，每一寸关怀每一分感动一一记取。不渲染，不张扬，以一种静默的姿势存在。

喧嚣中的留白，是上天的恩赐，让你我在爱的画卷上留下神奇的一笔。请原谅我不是一位好的画工，总是任性地在上面随意的涂鸦，想在圣洁的画布上留下绚烂的一笔，却忘记原意要的是白描而非水彩，想要隽永就不能泼墨。总做错事时满眼狡黠含笑看你，你却总是满眼笑意地站在原地，像欣赏顽皮孩子的无心之失。

多少个日日夜夜，点点滴滴在心底。安于天各一方的思念，你在岁月那头不离不弃，我在留守的光阴里笑靥如花。

岁末，有你陪我一起度过，即使外面冬雨萧萧，冷风漠漠，室内仍温暖如春。静默相对，安于相守何尝不是一种境界一种幸福？

知道你不是不想许我幸福。即使心灵的依附是没有尽头的作茧自缚，也甘愿恪守"死生契阔——与子相悦"的誓言，把你的名字，刻在我的心底，今生不忘。不负。

相守，那份约定

夜深露重。楼下的路灯躲在树的影子里，树影婆娑的小径在影影绰绰的朦胧中蔓延出暗黄色的疲惫。远处断断续续的几声嘶哑的犬吠，让夜在寂寥中漫漶出无眠的孤寂。

夜的馨香微醺了多少人的色彩斑斓的梦？我伫立在梦的边沿，在别人编造的剧情中恣意地流自己的泪，在别人的聚散离合中悲伤着自己的悲伤。

这是我一个人的天空，城市的灯光漫漶出满天朦胧的绯红。抬起头，苍穹的某一处，母亲的目光一定在一个触手可及的距离，触摸我脸上看得见的伤痛。

母亲走了很久很久，走得很远很远。我却常常假想她就在身边，我们只有一个抬头的距离，只要我一抬头，她就能看见。

对母亲如此深的依恋源于一条脐带相系的血脉相承。我不知道这样的相承给过母亲怎样的欣喜和激动？才会在那样的一个飘霜的寒冷冬夜，心甘情愿地躺在那个冰冷的手术台上，等候那一刀划过的冰凉和疼痛时，仍面带微笑地祈祷。

始终走不出那份血浓于水的爱的包裹。白天或黑夜，当一个女子，抬头久久地仰望天空时，那是她能触摸母亲的最近的距离，闪烁的泪光，是她和母亲交流的唯一的方式。

对母亲的依恋一如既往。

在这个世界上，母亲用她宽厚的母爱包容我的刁蛮我的任性，而你，总用你的愧疚放任我的无理。

一天的忙碌之后你已经在沉沉的梦中，一定想不到前几个小时相对而坐调皮爱娇的我此刻却泪流满面。

那样的伤感你不懂。

想必我前世一定是一个鬼魅的女子，习惯于月色如水的夜晚在无人的路上放逐狂野的心事。是谁惹了风月？窗前夜半苦读的你微蹙的眉，禁锢了我的前世。一个嫣然的回眸，那个白衣飘飘的身影，珍藏在你心底。

一缕牵念，一份依恋，成就一世遥远的期盼。前世我是你的茑萝，背着你哭，对着你笑，在你怀里娇媚如花。今生循着来时的路，寻找那份隔世相拥的温暖和满足。

谁说遥遥相望也是上天眷顾？咫尺天涯的痛苦，你许诺不了的幸福，我任性而反复，你克制而沉默。我决然要你向左我向右，从此永不想见，你说今生不想也不会辜负。

在流年之上，共邀一场盛世的心灵之舞。

前世今生的宿命，缘分纠结如萝。缱绻在时光的彼岸，亲爱的，我多么害怕光阴荏苒，岁月那把刻刀，一寸一寸地把颜容雕至苍老。你说，谁都会老。

是的，我的笑容，精致地为你灿烂过，我的容颜，虔诚地为你保留过。那么，我就安然陪时光打坐，相守今生那份约定，笑着和你一起变老。

幸福，如此简单

> 越原始的地方，幸福感越与金钱、物质扯不上关系。
>
> ——题记

从成都到稻城亚丁，能走的只有一条川藏公路317国道。崎岖不平的山路，九曲十八弯的盘旋而上或曲折而下，海拔4000米以上的山口，像亲密爱人一样无时无刻不伴你左右的高原反应，让人在迷糊状态下能想起的就只有李白的"蜀道之难难于上青天"的感慨。

倒是一路上那些骑着自行车弓着腰拼命往前蹬的顽强身影激励着我们。

一位进藏的自行车队的领队——那位珠海的帅哥听到乡音，笑着和我们说"我太想吃沙河粉了（沙河粉因广州沙河而有名。哈哈，好可怜的孩子，广东最普通的沙河粉在这里也成了奢侈品）"。他们从成都出发，历时一个多星期，大概要一个月才能到达西藏。

风吹日晒雨淋，山谷高原沙尘，如此艰苦的

路程需要多么顽强的意志！突然想起乌兰托娅的歌《我要去西藏》。西藏，那个古老而神秘的庄严肃穆的地方，放逐了多少久远的渴望，有多少孜孜不倦的向往。

一个女子，背着行囊，迎面而来，走在这进藏的路上，边走边唱，一脸的阳光。

我知道，那只是一个幻象，我没有那么勇敢那么坚强。即使我的渴望枝繁叶茂，也不敢一人走在这千里无人烟的漫长的路上。

当早行的车停在4718米的山口，远山的雾夹着湿漉漉的寒气扑面而来。前两天的成都骄阳似火，今天的卡兹拉山寒气逼人。夏天，躲在遥远的千里之外张望。

寒热两世界，千里不同天。

天地梦寐开合之间，贴着地面的绿油油的小草，带着昨晚梦甜的娇羞，睁开露珠般晶亮的眼睛，醒来。

太阳，君临般，威严的目光由远而近扫射而来，绵延不绝的碧绿地毯镀上了一层亚金色的光。高原的高度让我们和太阳之间的距离格外的亲近，白晃晃的光照在头顶上，如此近距离的火辣辣的对视，皮肤被灼得生痛。

经过岁月的风的洗涤，白云，白的纯净，天空，湛蓝清明。远山造型各异的雾，在山顶和天上的云相吻接，分不清哪些是云哪里是雾。

天上的雄鹰在盘旋，地上的牦牛吃着草，那样的一种怡然自得，那样的一种宁静祥和，仿佛远古洪荒，这才是生命的初始。

绵延百里的碧绿色地毯的尽头，是一个海底变高原的奇观。望不到尽头的石山，石头大小不一，高低铺就，粗犷、原始，就那样突兀地站立在我的周围，让人在呼吸急促的惊讶状态里找不到临界点。我们在惊叹自然界的神奇之作的同时，不禁想：是哪一次的地壳运动，才有如此庞大的造山机缘，让海变成了山？

无人知道。

从心底涌动而来的是海枯石犹在，沧海已桑田的震撼。

晚上，月亮升起来了。稻城的夜，如此恬静。高原的天空，经过远古岁月的洗涤，一片纯净清明。丝丝白云，轻薄如沙，温柔似梦。在如此近的距离里，蓝天、白云、月亮、远山，如此的脉络清晰。

这样的夜晚，适合和亲爱的人手牵着手，相互依偎着走过那条仿古的街道，看远古洪荒的日升月落。

亚丁，远古时代的最后一个神话。森林、湖泊、雪山、草地、花海，浑然天生，一个不着水墨的美丽风景画！美丽的香格里拉！

到处是花，在如此高的寒薄环境里，红的、黄的、白的、紫的花，汇成一个花的海洋。在寒风细雨里摇曳生姿，释放着千般风情。这里的山，巍峨雄伟，千万年的风雨的剥蚀，仍伫立如铁，凭借生命的锐气和坚韧，把千万年的沉重默守成威武刚强。

这里的水，一改大金川江、大渡河的汹涌澎湃、横石激浪。它柔若无骨，流淌着一种天然的灵性，一种远离尘嚣的纯净，一种挣脱俗事羁绊的从容。从山顶轻跃而下，在崇山峻岭之间，柔柔而过，一路唱着欢快的古老的情歌。

溪流、花海和草地的尽头，崇山峻岭之间，就是那座神奇的雪山。山顶云蒸霞蔚，烟雾缭绕，中间常年积雪，洁白如练。远远的，融雪像两条白练逶迤而下，欲断难断。这里，白得纯净，绿得深沉，蓝得高贵，红得热烈！站在这白雪、红花、绿树、蓝天组成的原生态绝美的风景面前，内心有一种近乎透明的纯净感觉。终日在金钱利欲的奔波倾轧中的现代都市人，该少了些躁动和不安，多一份平和与安宁吧。

这样的山水养育着淳朴的藏民。当我们沿着那条唯一的人工栈道往回走，经过席地而坐正在用午餐的藏民身边时，他们伸出黑而粗的手掰开厚厚的一块一块的青稞饼，递过来一碗一碗的酥油茶，热情地招呼我们享用。接受我们真诚的谢意，他们欢快地跳起藏族舞蹈，唱起了藏族情歌。他们之中很多人一辈子都没走出过大山，除青稞饼和酥油茶之外，难有美食，生活原始简朴，但他们烙着高原阳光烙印的黑红的健康的脸上，却始终洋溢着快乐和满足。

越是原始的地方，幸福感越与金钱、物质扯不上关系。

久居现代都市的我们，是再也回不去了。

在这个原始纯净的地方，幸福，就是如此简单。

无缘幸福

哥哥——我最悠长的梦

从小，我就喜欢做梦。别人做梦，或许每一个梦都不相同，我不是。我常常做着相同的梦。

小时候，常常做的梦是：站在一个十字路口，车水马龙，茫然四顾，却找不到回家的路。这时，一双温暖的小手牵着我，回家。身边的小朋友们兄弟姐妹都很多，我从来不相信母亲只生了我。但我不敢问母亲。那样小的我，肯定还不懂得母亲会难过，只是自己存了私心，不问，就可以在私底下作很多很多的设想。想着我的哥哥可能是因为什么病送去给别人医治了，又或者是我们家里穷，养不起两个孩子，而我自小就体弱多病，母亲才忍痛把哥哥送给了别人。每一次，当看到一个满脸泥污的男孩骑着一辆破旧的自行车，搭着一个扎着两条小羊角辫的女孩从我身边飞驰而过时，我的眼睛里，都是满满的羡慕，我的心底里，都是小小的妒忌。但我相信，有一天，我的哥哥一定会回来。我也会像那个小女孩，抱着哥哥的腰，坐在哥哥的自行车后座，体验那种飞驰的幸福。

母亲高龄诞我，我读高中，父母已年老多病，我不管不顾地沉浸在要圆自己的大学梦的梦想中。我亲叔的儿子我的第四个堂哥狠狠地数落了我，好像我那时就应该停止学业最好找一个人嫁了，好让那人和我一起照顾年迈的父母。我知道四哥是关心我的父母的，才有那一次的痛心疾首。后来，他成了我心底最亲的亲人。

可是，那一个下午，面对四哥的数落，我只知道哭。在那个小山坡上，我的眼泪一滴一滴然后泛滥。睁着疲惫的双眼虚弱地看着远处的天空从满天霞飞到夕阳变成红红的一团，我的心却是空的。

原来，我一直都在做着一个不愿觉醒的梦。我以为，当我孤独无助时，当我迷惑彷徨时，我的哥哥就会回来。一双长大后的温暖的手，会牵着我回家。

我终于知道，哥哥只存在我自己自编自织的瑰丽的梦中，他永远不会回来。

原来，有些幸福，在现实的世界里，我无处努力，也永不可及。

母亲——我最不舍的梦

母亲是我的第二个梦。

母亲的美，在方圆几十里都是有名的。我的婶婶总当着我的面遗憾地告诉我，我长得不如母亲。每当这时，我就会偷偷跑回自己的房间，在那面小镜子前左照右看，然后心里会涌起小小的妒忌。

每一个孩子，在恋母阶段，都会觉得自己的母亲是最美的。

在我的心里，母亲的美更多的是她热情的性格、善良的品质和她的全身心的付出。

一直以为，母亲会相伴永远，母亲的爱会无穷无尽，所以才会有那么多的要求那么多的不满足那么多的索取。直到我大学毕业，母亲像完成了她所有的使命般，疲惫无力地放下了那双一直紧紧攥着我的手，我才知道，今生我再也没有重新获得的机会了。

那些和母亲在明媚的午后相挽着逛街，在微凉的黄昏里漫步公园的天伦之乐的设想，也只能长长久久地存在我的梦中，在羡慕别人的幸福里，渗出滴滴泪来。

母亲的离去，我再也触摸不到心中的家的轮廓。看电视连续剧《惊天阴谋》，中岛健的妻子美惠子在中岛健的妈妈去世后，奉妈妈之命找寻侵略中国的中岛健，要带他回家，中岛健说："妈妈都没有了，哪里还有家？"一句话，令我心中骤痛，难以自己。原来，所有的归心似箭，都是因为母亲的望穿秋水。在母爱浸润的二十四年的光阴里，所有有关家的感觉，都是母亲赋予了厚重的质感。母亲的离去，原本丰润的故乡在我的记忆深处渐渐瘦成了一轮弦月，消失了它原有的温度，家，也变得遥远而迷茫。

爱——我今生不愿觉醒的梦

人生就像一本书，由薄到厚，而生命就像旅行，在时光的河流里游弋，最后一站，就是这本书的结尾。

而我，在这条不可逆转的河流里，反复地做着梦。昨晚，我又梦见自己到大学报到，然后四处拜访师哥师姐，和师哥师姐们切磋球艺。穿行在美丽的校园里，我哼着欢快的歌醒来。原来美好的东西总停留在记忆的深深处，不曾流逝。

爱是我今生最不愿醒来的一个梦。不知道人生这本书会在何处戛然而止？在这时光的河流里，于千万人之中，我们相遇，于千万年之中，在时间的无涯的荒野里，没有早一步，也没有晚一步，刚巧赶上了……然后，我们牵手，一起同行。夏看荷、冬看雪，我们曾经有过多少美好的憧憬。

我知道，是因为对人生有太多的梦想对你有太多的寄望，才会有那么深的痛苦和彷徨。我任性而反复，在你的世界里来来去去，随意进出。你却像一棵树，坚定且包容。你说："假如……"

人生却从来不曾有假如。一本书，无论开篇如何，写到中途，只能义无反顾。我在意我的容颜，在时光的反复打磨里，逐渐地老去，我如何在我曾经的骄傲里，面对你的不舍和珍惜？你却在无法给予的结局里，乐于和我静静地相对，默默地相守。笑看庭前花开花谢，细数人间细水长流。

那么，在长长的一生中，在有限的幸福里，这是不是一种美丽的际遇？灵魂相遇，不离不弃，是否，也值得珍惜？

时 光 太 浅

　　太阳依旧喧嚣。
　　印象中,这座美丽的城市,从没有过"秋花惨淡秋草黄"的衰败迹象,红花绿叶,阳光热浪,把夏季,渲染得格外漫长。秋天,仿佛一个经久遥远的梦,踟蹰在彼岸,与季节遥遥相望。
　　走过鲜花拥簇的人行天桥,层层叠叠的绿叶,团团簇簇的杜鹃,粉红、淡紫的花,一年四季,熙熙攘攘,旺盛的生命,炽热昂扬。
　　又是一股熟悉的烤鱼香。喜欢路旁那间烤鱼店松软酥香的烤鱼片,却不喜欢店里卖烤鱼的小姑娘做事的方式。每一次买鱼,十九块五、十九块七经小姑娘四舍五入之后,理所当然地变成了二十块。在这物价飞涨的年代,倒不是那几毛钱能买到什么,而是她小小年纪的那种漫不经心的态度,使我想起了我在她这种年龄,是怎样漫不经心的,虚掷过自己的青春。
　　青春,是一场奢华的盛宴,宛如桃花开于三月,飘落五月的湖面。岁月成如烟往事,年华若一指流沙。不忍回首,如梦韶华,已是昨日黄花。

我们辜负的岂止是青春？还有今晚的月色。明月高悬，一缕白云如一绢轻纱，挽过月亮光洁的额。月色如水，漫过整座城市，天地间安详静谧。一缕青丝萦绕指，明月千里寄相思。每当这样的夜晚，总有一个白色的灵魂狂奔在没有尽头的路上，带着一份未了的想望和入骨的悲伤。

回眸往昔，太多的纠结彷徨，泪眼相向，让我们错失了多少相守相看的时光？你轻拂我额前碎发，笑说：其实我们一天也没有浪费，没有那么多的积淀沉积，何来的相恋相知？

繁华浮生谁与共？红尘紫陌喜相逢。三生桥畔，不问来世谁来摆渡，今生相遇，记取与谁生死相依。为你绣一副温暖城池，初衷不改我画着我的琉璃意。暖心相惜，只为你诺的那句"一辈子爱你"。

点点滴滴，忆起，记取，何必求虚幻的生生世世？多喜欢走累了听到你说"来，我背你！"，趴在你的背上满足那份从小就滋长起来的渴望；享受你紧紧抓着我的手走过大街小巷打着雨伞为我遮挡酷暑的温情时光；贪恋你的怀抱迷恋那份痴缠宠爱亘古柔肠。

与你在一起的时光太美，每每忆起总会落泪。

或许，寄托、思念、情感等很多东西，都需要很长的岁月深深地生长。我在那么长的时光里，不经意的，长成你热爱的模样。辗转多年，我已经无法轻易舍弃那段长长的时光，以及，那样深沉的你，一如你的爱恋，让我沉溺。

心如水，夜微凉，人影两相向。心曲一阕度沧桑。

时光太浅，相思太长……

茑　萝

　　茑萝，藤本花卉，花期几与牵牛花同始终。花冠深红鲜艳，像一颗颗五角红星，点缀在绿色的羽绒毯上，熠熠放光。《诗经》云："茑为女萝，施于松柏"。茑萝爱攀援，喜缠绕，爱阳光，日出而开，日落而谢。一日喜得之，故有此文。

——题记

　　迷离的冬日，繁花落尽，莲池里枯枝横陈。那个风华正茂的夏，是谁的颊间嫣红，洇染了满池烟雨。荷的幽香，寂寞了情怀几季。

　　凤凰树高大的身躯，奈何不了寒风骤雨，叶子黯然飘零。光秃秃的枝桠横空直指，述说又一季的聚散别离。

　　多少年的天方一色的酝酿，才有这一季春节的天清明朗？冬日的太阳，挂在遥远的天空上，细细密密地洒满一地暖黄。好友梅一家到了哈尔滨度假，来电话说，北国千里冰封的雪白，映衬着蓝天白云，连绵不绝的雪景，被暖阳镀上一层金辉。"才见岭头云似盖，已惊岩下雪如尘；千峰笋石千株玉，万树松罗万朵云"，那样美的景致,总让人屏气敛息。仿佛看见晶莹世界里的尖顶红木屋,炊烟袅袅;纷纷扬扬的飘雪,轻盈剔透;松树墨绿如盖,夕阳梦幻迷离。屋里相依偎的情侣,手捧咖啡,满眼柔情蜜意。

好友祺一家五口初一去了江南。徒步南京,感觉六朝故都多少楼台风雨中的沧桑与凝重,是否会迸发晚唐高蟾的"世间无限丹青手,一片伤心画不成"的伤感?斑驳的古城墙,犹如历史的画卷散落的遥远记忆,是否会忆起韦庄的"江雨霏霏江草齐,六朝如梦鸟空啼。无情最是台城柳,依旧烟笼十里堤"的凄凉?

南京在我的印象中是静默且寂寞的,如同路边梧桐,张开向上的臂膀,极力托起一方茂密的绿,却是"梧桐叶上三更雨,叶叶声声是别离"。

江南于我,那是梦滋生的地方。苏州的小桥流水,扬州的九曲回廊,西湖的潋滟月色,太湖的浩瀚迷荡,主宰我梦的去向。

只因江南,是我的梦乡。

人生如一次旅行,每一站都有人擦肩,都有人渐行渐远。而我们,在某个不经意的瞬间,结缘。

前世我定是那扇赭门紧闭半墙缅邈婉约的茑萝,巷子深处,粉墙斑驳,落叶纷飞的季节你翩然而过。星星点点的猎红,密密集集的花语,只为还你一个驻足,一声叹息。

漫长的光阴里暗藏着多少悲欢离合。我知道,世界上有多少种欢笑幸福,就有多少种悲伤痛苦。有多少行眼泪,就有多少种不同的疼痛。三毛说:"有多爱笑的人就有多爱哭,有多容易感染快乐的人就有多容易萌生悲伤",我亦如是。阳光下我是一个多么明媚的女子。

或许,在时光凝滞的院落,我注定只是一个传说,缠缠绕绕,始终改变不了日落而谢的宿命结果。但我仍会在阳光最为毒辣的当午,迎着太阳灿然开放。为你,亲爱的,一天就是一季,一季就是一辈子。

爱，无处安放

（一）

深秋的阳光，薄如细纱，铺洒在室外高大的椰树上，透过树叶的缝隙，斑斑驳驳地落在走廊。灿若云霞的杜鹃探身阳台外，在季节的深处瞭望。风飘然而过，带来阵阵的热浪和幽幽的花香。

又是一年一度的成人高考，看着奔波在生活和求学边缘的莘莘学子一副副虔诚的样子，心底有些惶恐。十几年的读书生涯，经历过无数次的考试，至今仍会在睡着的时候，常常做在考试中疲于奔命的噩梦。不知道这样的情景，重复在多少读书人身上？那些学子们孜孜不倦地追求的，是现实里不可或缺的文凭，还是年少轻狂遗落的梦想？

在这个世界上，一个人活一辈子，总要通过许多的证件来证明自己。出生证、身份证、毕业证、学历证、驾驶证、结婚证、护照，没到别人为自己开死亡证明的那一天，都注定了我们必须和各种各样的证件纠结在一起,让别人认识自己、肯定自己。仿佛没有别人的认同,我们就会迷失。却很少有人问自己:在长长的一生里,我为自己活过多少时日?

是不是我们的内心过于贫瘠,才需要依附那么多身外的东西?正如我们的灵魂无处安放,是因为我们找不到爱的皈依?

(二)

有些爱总是在失去之后才幡然醒悟的,却已经无处表达,无法弥补。

我爱母亲。

记得小时候,每当母亲外出,又无法带上自己的时候,一天的时间总是在惶恐中度过的。生怕母亲这一去,就不再回来了。特别是暮色渐起母亲晚归时,总要站在母亲回来必经的路口自己又能够看到家的灯光不至于害怕的地方,盼望。每一次看到路口出现母亲的身影,以至于扑进母亲的怀抱,都已经热泪盈眶。

渐渐长大,到外面求学,那个美丽的校园因为没有母亲的气息,我总也睡不安稳,还常常失眠。直到放假,躺在母亲的身边,嗅着十八年来已经习惯的母亲的气味,才安然入睡。

如此深的依赖和眷恋,谁说不是爱?

父母的婚姻是旧式婚姻,从媒婆口中了解到的永远是放大的事实和美好的前景。父母到拜堂那一天才知道,谁是自己这辈子的伴侣。

父亲不善言辞,不懂爱也不会表达爱,却承继了祖宗遗传下来的大男子主义和粗暴脾气。每每和母亲争吵,不是大声呵斥就是木棒相向。母亲就像墙头上的牵牛花,无所依附,在远离双亲的那所孤独的大院里,孤寂地开放,度过她一生中最美丽也是最寂寞的时光。

都说爱是人唯一的救赎。我的到来,让母亲积聚了40年的爱找到了倾注的土壤。

母亲的晚年是在和病魔的抗争中度过的。在很多人的父母都还健在的年龄,母亲带着对女儿深深的不舍和对这个世界深深的眷恋,黯然离开。

那一年,她62岁。

从此,我像断线的风筝,没有母亲目光的牵扯,找不到回家的路向。

母亲最后的痛苦岁月,虽然我一直陪伴在她身边,为她求医问药,为她焚香祈祷,却做不到无怨无悔。和母亲一生不尽的爱相比,我的爱何其渺小和自私。

尽管我知道,我是爱母亲的,但爱不够深。

(三)

血浓于水的亲情,总是付出的一方情深似海,而习惯了接受疼爱的我们,总无法像对待自己的爱情一样深爱。

深爱是可以抛开一切,不需假设,不问前提,不求回报,无怨无悔的。

曾经见过悬崖菊,在刀削般笔直没有渡轮到达仅靠望远镜才能看到的悬崖之上,独自怒放。不求别人欣赏,只为不辜负自己一季的花期,开到荼蘼。

这令我想到言慧珠,梅兰芳最得意的弟子,那个"非常美又非常罪"的女人。那个即使到42岁,还是风华绝代、玉貌朱颜的女人。一生轰轰烈烈去爱,却找不到对手,没有一个男人配得上她的狂热和浓烈,她却一生都在燃烧,都在爱。

原来有一种爱情,不需要对手,也可以烧得炽热,燃尽自我,烧到决绝。

这就是深爱!

岁月匆匆,多少风流已被风吹雨打去,我们仍在寻寻觅觅。红尘中,有多少寄托在他人身上的爱,能经得起岁月的蹉跎,不在怜惜声中陨落,委地成尘?

当往事已成明日黄花,我们仍在辗转徘徊,沉浸其中,难以自拔。

其实,令我们肝肠寸断的,不过是我们无法为自己的爱寻找一处可以永久安放历久常新的地方。我们委屈我们沮丧的,无非是我们对别人的那份不可实现的寄望。我们常常以为难分难舍的是对方,其实我们真正无法释怀的,只不过是,我们的爱无处安放。

世间上,如果真有一种爱是相伴终生、不离不弃的,那一定是,爱自己!

一个人的爱情,一个人的花季。一季,就是一辈子!

经　　过

"依然，我要离婚。"依然一上线，嫣然马上迎头一句。

"干嘛？儿子才五岁呢！"依然一听说嫣然要离婚，马上想到她的儿子。多少婚姻已经名存实亡，女人们为了子女在婚姻中忍辱负重，家庭在风雨飘摇中苟延残喘。中国式的悲哀。

"我们出去喝一杯吧！"顿了一会，嫣然送过来一句话。

"好。"依然二话不说，拿了手袋就去了车库。嫣然已经在她的宝马座上，一脸的戚然。空气中有一种令人窒息的沉闷，不知道是否要下雨？

这是一家德式经营酒吧，门口大字立体招牌Bischofshof的下面耸立着一个大大的拇指，仿古的建筑给人一种厚重的年代感。进门左右两边是一条宽宽的回廊，制作精致的藤制双人摇篮，铜黑色的铁质桌子，青春岁月的浪漫回响。往里走，左边是一个装修考究的大吧台，正中间是一个装备完备的小型音乐舞台，这里没有一般酒吧的繁杂与喧嚣，轻柔的音乐如水般蔓延每一个角落。意大利水牛皮制作的淡灰色的沙发，白色透明的窗纱作底，外层悬挂酒红色的波浪式皱褶窗纱，典雅、温馨、浪漫。不错的格调！难怪有那么多人在酒吧里流连忘返，乐不思家。

挑一个靠窗的卡座坐下，嫣然连灌了几杯啤酒，说："我真的不想和他过了，我早已经不爱他了。"

"别傻了，有多少婚姻是由爱情组成的？又有多少由爱情组成的婚姻经得起柴米油盐酱醋茶的折腾？不都这样过吗？"依然知道自己必须这样说，但欠缺底气。

"我不想再这样了！我们分居都两三年了！"嫣然的眼泪一下子不可控制。

依然知道他们夫妻一起到这个南方都市打拼，一个在一家大房产公司做经理，一个在电视台跑业务，现在改做服装生意，都小有所成，但却是第一次听嫣然说他们夫妻分居的事情。

"你知道吗？当初天天防着他身边那些小姑娘，只要他晚点回家或出差，我就六神无主，整晚整晚地睡不着觉。"

嫣然的老公高大帅气，事业有成，又有与生俱来的绅士风度，用嫣然的话来说就是，不管哪个女人坐她老公的车，临下车时，她老公都会第一时间跑去拉开车门候人下车。这样的男人，具备所有女人爱慕的先决条件，难怪嫣然觉得累。

"防不胜防，我查他的手机短信，偷听他在阳台打的电话，闻他穿在身上的衣服的香水味，实在无力对抗那些花花草草。最后，干脆拒绝他进入我的身体。"嫣然委屈的眼泪再次汹涌。

依然抓起一把纸巾递过去，转身看窗外那一池清灰的月光里婆娑摇曳的树影和摇篮上一对对的年轻人，轻轻地叹了一口气。

"最后大家都累了，然后分居。"嫣然吸了吸鼻子，幽幽的总结了一句。

"你是不是爱上别人了？不然为什么现在才想到离婚？"依然清晰的思维决定了她的敏锐。

"是。是由朋友发展而来的关系。他不珍惜我,我何苦为他死守?"嫣然有些愤愤然,"这几年,我以为自己性冷漠了,直到和他在一起,我才找到了爱的感觉。我才知道已经不爱我老公了。"

女人的情感就像一座火山,冷藏得太久,不是心灰意冷的沉寂,便是贮藏到一定的程度的爆发。

"他会离婚吗?"依然问。

"会的,他和他老婆本身就没有感情。"嫣然答。

"那你儿子怎么办?还那么小。"依然于心不忍,又旧话重提。

"就是,好端端地生个儿子干什么?不然早就是一拍两散的结果。"每个子女都是母亲心头的痛,嫣然再次用纸巾捂着嘴巴抽泣。

"说说你吧,亲爱的。"嫣然终于平静下来,红肿的眼睛泪痕未干。

"我没什么好说的。"依然注视嫣然的眼光的弧线从对面拉回到桌面,给自己倒了一杯酒,拿起酒杯,轻轻地抿了一口。目光越过迷离的灯光,在萨克斯《永恒的爱》悠扬、婉转、缠绵的曲调中跌得七零八碎。

"从你第一次走进我的店子,我就觉得你有一种拒人于千里之外的冷傲,那只是你的外壳,你只是为了抗拒别人窥视你的内心世界。"那天依然不经意地走进小区新开的时装店,挑剔的嫣然喜欢对走后的客人评头品足,却和依然成了好朋友。

"你笑起来天真无邪,但不笑的时候眼睛里满是故事。"不愧在电视台混过,女人研究起女人来,绝对比男人可怕十倍。

"故事结束了。"几度回眸,几多煎熬,几重心碎。再瑰丽的梦,终究无法用幻想的温度,去暖现实中的冷。曾经相拥的温暖,难以度量时间的长度,在一寸光阴一寸灰的寒凉里,永远只是一个传说,终究成就不了地老天荒的神话。依然对着嫣然莞尔一笑,目光里婉约的清冷,让嫣然看得心痛。自顾自地给自己倒了满满的一大杯,依然迷离的目光越过暖黄色的屏障,落在对面的墙上。举起酒杯,遥对着墙上的油画,那些斑斓厚重的色彩,一如她的前尘往事,仰头,一饮而尽。

点了一首阿龙正罡的《你的世界我曾经来过》,依然执意把歌词改成"你的世界我只是经过",跟着歌手吼,一旁的嫣然泪流满面。

喝醉的感觉真好。

你的世界,我只是经过……

过　客

十月，秋凉的风带来秋天的气息。

车行驶在高速公路上，车窗外微风拂拂，一路上花红树绿，天上蓝天白云，心情就像秋天稀薄的阳光，轻舞飞扬。

美丽的海陵岛，滩阔浪柔，水碧沙净，山光海色。数十公里长的浮白色海滩随着海岸线的曲折起伏，像一条不见首尾的巨龙静静地蛰伏在海岛的边缘，护卫着岛上人类与大自然之间的和谐与宁静，水乳交融般地构成世上最美丽的衬托。

站在海边，看远处的海天相接。天地混沌之初，是否也是白茫茫的一望无际没有尽头？海浪，轻轻地漫过脚底，细沙在脚底下温柔地逃离。海总有一种亲和力，它的美丽让人无法抗拒，惹得不管懂不懂水性的人都渴望融入大海里。

风起处，海浪汹涌而来，奔腾着的浪花溅上我们的脸面、头发，带着海水特有的咸涩的味道。伴随着一阵阵的惊叫，大家在海水中开心地蹦跳。

海边吃海鲜是旅程的一部分，吃的是旅游的

一份心情。从海里捕捉上来,又直接放养在海水里的海鲜活蹦乱跳。朋友是当地人,去讲价才知道,所有海上海鲜舫的海鲜都有两种价格,给本地人的价格要比外地人优惠得多。秤头上肯定是不足秤的。上菜才知道,我们点的两斤重海螺,有四五个是空壳的,对店主拿网捞起海螺时阻止我们逐个挑的猫腻恍然大悟。海边的海鲜做法都比较简单粗糙,没有酒店大厨做得精致可口,基本上是用清水煮熟、清蒸或炒这几种,却多了些不加修饰的原始风味。

饭后,迎着习习海风,沿着海边的滨江路漫步是一种慵懒闲适的心境。不时有人踩着脚踏车从身边经过,有两人并排的,有四个人两排的,也有六个人三排的,还有双人单车,惹得我们玩兴顿起。

四个人租了一辆两人并排的脚踏车,还有一辆两人单车,看着儿子和朋友的女儿横冲直撞地飞奔而去,心漂浮在半空中。我们的两人脚踏车要笨重得多,若不是凭两人之力,一个女人出尽全力也踩不了多远,实在是饭后减小肚子锻炼的好工具。

提着鞋子走在沙滩上,海风有点凉,听海浪拍岸的声响。大片大片轻若粉尘的沙铺满了大角湾的海岸,一直绵延到很远很远的地方。把脚插入柔若无物的沙中,醉心于那一股从脚底升腾而起的熨帖的温暖。

有烟花从沙滩上升起,蔓延着节日的欢乐气息。这样的夜晚,漫步在大角湾那条沿着沙滩用木方铺就的路上,我闻到了一直醉心的原木的芬芬。

远古之际,皓月当空,当明月的清辉如水般漫过海的堤岸,一片金黄的沙滩环绕着这一片幽蓝的大海,峰峦叠嶂,该是一幅怎样醉人的景象。

今夜,无月。依在海边半山别墅的阳台,听那片幽暗的海汹涌澎湃。在广阔的海面,盏盏忽明忽暗的渔火,疲惫了谁的无眠？

　　我知道，我只是一位温柔的过客，一夕相遇，终须归去。所谓的地老天荒，是时光无法兑现的许诺。我在日夕月落里微笑，看光阴寸寸苍老。

　　今夜，让那不息的海浪声，潜入我的梦里，伴随那轻轻的叹息。

离 开

　　灰白，于天幕处撕开夜的缺口，一点一点的，像墨在宣纸上晕开。渲染了一夜的黑，渐渐地退隐到莫名的深处。天地间空濛的灰色，从窗帘的开合处，白底蓝花的窗纱涌进来。

　　黑夜和白天，在时光的河流里永无休止地轮换，找不到交点。暴雨过后，季末的阳光，被洗得稀薄如水，漫上窗棂。明亮的背景下，翠绿的窗帘把白底蓝花的窗纱浸染出透明的嫩绿。半梦半醒之间，那一朵一朵绽放的花，迷迷荡荡，仿佛生命从来就是如此昂扬。

　　窗外的紫薇，不知疲倦地渲染着四季。红的、黄的鸡蛋花，在盛夏之末作最后的坚持。有风从高大的大王椰树和凤凰树的末梢经过，湖水无语，风中有杨柳柔弱的叹息。是谁说过杨柳是世间上最寂寞的树？枝枝蔓蔓，都是它与生俱来的孤独。

　　这个季节，父亲那个强悍的弟弟——我的叔叔，在病床上毫无意识地挣扎了一年后，撒手人寰，做了叔叔一辈子影子的婶婶尾随而去。我在四川的旅途中，干姐姐呜咽的电话声里，再次传来噩耗，姐姐的母亲，那个待我如女儿般的慈祥善良的母亲，今生再也没有相见的机会。

　　生命的无常，本就一场幻觉，人生从起点到终点，如同花开花谢。花开，是花儿拼却一生的气力绽放眷恋的传奇，繁华到极致；花谢，是错过的春光里，只有花儿才听得见的叹息。

　　或短或长的一生里，悲欢离合生老病死，每个人各有结局。

　　于是，恐惧的极致，是生的梦幻里，所有有关幸福的畅想，触手可及。

　　幸福，是否是在这样的脉脉时光中，在屈指可数的日子里，可以相对到老，直到能看到彼此斑白的两鬓和额上纵横交错的纹路？

　　夜寒衣薄，清冷的月，照着掌心一片空白的荒芜。再温暖的往昔，终难抵抗岁月无声的流逝。当灵魂一点一点地被剥离，以心痛作基，记忆，在泪水放大后逐渐清晰。

　　爱恨如同骨肉般清晰，时光攻城略池，最后的最后，我们终会彼此忘记，在无可逆转的时光的空隙，只剩下一段似有若无的模糊记忆，一个被抽空了色彩的空白名字。

　　离开，以夜色为墨，在穿堂而过的漆黑而微寒的风里，素笺为简，刻一段兰亭序，见证今生的相遇。

　　一些泛痛的诗句，伴着你前世的船篷，驶过今世的潮落潮汐……

二、浮世清欢

安能与君绝？生死不相忆。

你我的天涯

像是和春天有过一场私奔,心与纸笔的对话,便在这花红柳绿的盛夏悄然退隐。喑哑的文字流转于喑哑的岁月,却生怕被这阳光灿烂的季节出卖,于是悄然封存起那支无关风花雪月的笔,在这姹紫嫣红流光溢彩面前,颓然失语。

天气预报说疯狂的"梅花"会在周边城市肆虐,不动声色,并不妨碍与你有关的一切不经意地留存心中,"梅花"去了东北。我们总遗憾生命中不可或缺的错过,这种错过却令人欢欣鼓舞。只要所有有害的与你无关,一切有益的能不能获得都不重要。我知道你更作如此想。我的任性需要你负担,你想得更多。又是天高月朗,远处的二胡飘来水般惆怅,窗外的风送来茉莉的幽香。一曲《茉莉花》在空气中流淌:你说我什么都好,比谁都好,你为什么不要?我望着窗外的街角,看到辛酸走来幸福走掉……张晴纯净的声音带来的是一种旷世的伤感。

无聊中打开一个据说是漂流了多少千海里来到我面前的漂流瓶,问题:如果明天就是世界末日,你现在最想做的是什么事?有人答:等死。

我大笑：既然是世界末日，你不等也得死，那是你最不需要做的事情。被笑者反问：那你做什么？答：和我爱的人私奔，去一个很美的地方，或许是海边，或许是山顶，迎接最后一个日出，相拥着一起面对死亡。不能同生，但求同死。

湛蓝的天空如天地初始般清澈透亮，大朵大朵的白云棉絮般飘过城市的上方，目光的边沿，是天涯的尽头，此刻的你，会否灵犀一现，洇染一缕孤独？

有人说，世界上最孤独的人是梵·高——那个死后红遍全世界的画家。没人给过他向往的爱情，没人知晓他心中狂热的梦想，没人能读懂他画中浓烈斑斓的色彩，没人去感受他那备受揉搓的魂灵。割掉自己的耳朵，再向自己的身体开枪，以极致的方式表达灵魂的躁动，以极端的方式结束自己的绝望，用破碎成全快乐，应该算是一种极致的孤独吧！如果说世界上最幸福的事情是情到浓时两个人在一起，相信即使海枯石烂，亦会地老天荒。那么，世间最孤独的事情莫过于，一个人，在深切的热爱里，用一份无法成全的忧伤，解读自己心的向往，用柔软的手指，抚摸一份洁白的信仰。似水流年，待目光穿越层层的时光屏障，你站在离我最近的天涯，回首观望时，或许，信仰上的洁白指痕，已经变成颓败的黯黄。

繁华落尽，站在天涯海角的尽头，静静流逝的旧时光，仅供我们仰望和遗忘。

流　　年

　　许是被三月枝头簌然而下的乱红砸伤，四月的天空阴雨绵绵。所有有关悲伤的情节，拉扯成<u>丝丝缕缕</u>的哀伤，经悠长的雨反复揉搓，缠绕成挥之不去的疼痛。

　　海誓山盟经不起红尘乱世中的一番媚笑，灵魂，躲在季节的深处，碎得血肉模糊。抬头寻找苍穹的极处，是否有一个安魂之所？迷蒙的天幕寂然无声，只有冷风伴着满天雨舞。

　　踯躅在十字路口，进无凭退无路。这样的情景，不管你以何种姿势走过，我都无法回避，灵魂深处骨血分离的伤痛和孤独。

　　你说，那时我是一朵罂粟。是的，阳光下一脸的妩媚，暗夜，却如同鬼魅。你不知道，你那番不经意地走过，一记深深的回眸，是你今世给我种的蛊，那是时光不可解的毒。

　　原来/我千百次的回眸/只为今生/和你/有这样的/相遇/仿佛前世所有的过场/都只是序曲/你在我不经意的顾盼中登场/爱/才有了专属的/名字。

　　目光和目光交织，心灵和心灵相依，时光，

在五月里搁浅，春花秋月，涅槃成诗。

又是五月花开时。灿若云霄的杜鹃，迷迷荡荡，摇曳出花城的一路花香。一个穿旗袍撑着洋伞的女子，于温煦的阳光下，施施然走过那条鲜花夹道的人行天桥。多想此刻的你，抬头遥望窗外，看暗红玫瑰妖娆在白底旗袍上的那位女子，阳光下是怎样的一脸明媚。

孑然走过每一条繁华的街道，天天年年，任世界纷繁喧嚣，你静静地驻在心里。心灵深处的一方留白，悄然珍藏着时光的底片，即使岁月暗淡无光，一起迎日出夕落数流年别过看花开花落的情景，终会在每一个夏日的午后，晾晒出所有与你有关的画面，沉淀出一起走过的或快乐或忧伤的昨天。

天涯海角的遥望，思念和光阴一样绵长，泪水挂满忧伤，寂寞了容颜，苍白了想象。你说无法抛开顾虑和责任，给不了我幸福，爱，终是想象。

你我，在想象中彷徨。

流年似水，从指尖悄然流过，几度花开花落。不知道怎样的相伴，才可和誓言安然终老？如若不相见，便可不相许，如若不想许，便可不相思。世间真有如若，或许你我，便能回到当初，各安流年，岁月静好。

安能与君绝？生死不相忆。世界上最痛的距离，不是你不在身边，而是似水流年光阴如练，你依旧在我心底。

从未改变……

陌 上 流 年

（一）

寒意江南，此时是"月落乌啼霜满天"的凄迷惆怅，还是"六出飞花入户时，坐看青竹变琼枝"的冷清寂寥？

你说江南下雪了。那一刻的目光，牵扯在遥远的天际，想象着空濛世界的满天雪舞，是否会濡湿久远的思念？

南国都市，依然阳光灿烂。除了偶尔的寒潮，已经感觉不到季节的变换。高大的榕树，一如既往的墨绿，没有大张旗鼓的粉墨登场，没有风卷残云的枝秃叶落，没有触目惊心的衰败枯黄。生命，总是悄无声息的更换，墨守定律般，绿过的，变黄了，来过的，又走了。走了的，在某一个露浓花瘦的季节里，一个寂寥的夜间，某一个悸动的心尖会暗暗地浮出一声似有若无的叹息。

凭栏而立，花园里花红柳绿。"年年岁岁花相似，岁岁年年人不同。"花花相似，岁岁轮回，谁是谁的今生，谁是谁的前世？花开有季，花落有时，盛放的妩媚里，那是一种怎样不舍的依恋和坚持！

犹记得当初的相识，你在遥远的彼岸，跋山涉水而来，荡漾着一路惊悦的涟漪。我说我是深海里的一条鱼，生活在沉闷的海底里，只是偶尔到水面透透气。而你，只是岸上观光的旅客，我们只是偶然相遇，我有我的去向，你有你的归期。你温厚地笑着，如冬日的暖阳，在我沉溺的心湖，洒下温暖的气息。

（二）

轻倚轩窗，看冬日的阳光一寸一寸地飘远。有风从树的末梢飘然而过。触不到你的怀抱，所有的叶斜入发，你爱怜的目光拂过脸庞，手指轻扫发梢，轻拥入怀的温暖，终是想象。

手心握着手心，仍是冰凉。

所谓的前世因，今世缘。你说，前世五百年的回眸，换来的不一定是今生的擦肩而过。可命运只是让我们相识相知，忘记给一个完满的结局。即使我愿今世做你心中一株不败的莲，夜夜梦里相见，也恨秋水长天，费思量，夜难眠。

何处？几叶萧萧雨。湿尽檐花，花底人无语。掩屏山，玉炉寒。谁见两眉愁聚倚阑干。思念如此之苦，今生如何了断？问你，你不语。

仰头望满天的星辉，是否会有一颗星星，能明了我反反复复的彷徨，能读懂我欲语还休的忧伤？可冷清寂寥的夜，只有泪水浸透思念的冰凉。

"谁复留君住？叹人生，几番离合，便成迟暮。"纳兰这句词，常常在我心中辗转低回不能自已。缱绻反复间，转眼就是五年。人生还有几个五年？时光过处，流年已去，一生的光阴，就在几个转身、几个挥手间倏然流逝,你变苍老,我亦白头。

想放下始终放不下,想忘记终也难忘记。一份牵念,遥遥相系,爱怨情愁,沉淀在心底,相思无了期。

微 雨 寒

在上天写好的剧本里,我们所能篡改的只是台词。

——题记

　　三月霜露芭蕉冷,最是难耐微雨寒。一夜的春雨淅沥,被夜氤氲成天青色的背景,晨曦中的一角屋檐,剪影出一线早春的泪滴。

　　风划过,带来落叶的信息。满地金黄萧索,恍然惊醒了一季的回忆。

　　梦里江南,柳丝轻舞渐抽芽,春水含情剔早花;乳鸭高歌同里巷,捣衣声起乐人家。三月的早春酝酿的一场百年烟雨,氤氲了一场花事。水墨样的朦胧里,谁撑着一纸花伞,打你窗前翩然而过,脚下的木屐敲打在千年的雨巷,绵延你眷恋的目光。

　　嫣然一笑,泗染了三月桃花的心事,摇曳出菡萏的微微生姿。

　　你在路的那端,以回眸落笔,将浓烈的爱意,以石雕火烙的坚韧,见证一场刻骨的相遇。

　　有多少如花的女子心事,因你,风生水起。

用穿越岁月的翅羽，飞越千山万水，相思的彼岸，春暖花开。

又是一年春回时。多想此刻，寻一扁方舟，划向桃园深处，人迹罕至之地，水静鹤飞，看老树斑驳，枯叶铺地。享一方宁静，任心灵与心灵在天方一色的纯白中对视。

几番花雨，谁催春去？我只能，在这钢筋水泥的森林林立的街道，在这春意廖萧的清晨，双手横插在大衣口袋里，以45度角的姿势，仰望一棵棵光秃秃的树枝桠横指，看落叶翻飞随风去。

尘烟如梦花事了。你我的天涯，云淡路漫。当离愁别意，翻卷成朵朵忧伤的云，在上天写好的剧本里，刻意篡改的台词，始终到不了花好月圆的结局。

我，只能站在时光的转角，透过光阴的缝隙，用目光，丈量此岸和彼岸的距离。

烟 花 倾 城

> 珠江，在我无眠的梦里，静静地流淌……
> ——题记

依江而建的三层小洋楼，乳白色看似粗糙的外墙，琉璃瓦的屋顶藤藤蔓蔓的绿色植物，细细的挂在屋檐下，在微风中精致且飘逸。

酒店二楼室内，产于印度尼西亚的名贵玛瑙藤编制而成的藤制家具，细腻光洁，豪迈典雅，精致得像一个古老且温馨的梦，穿越岁月而来，没有一丝一毫商业的铜臭气息，让人有回到了家的轻松和舒适。

临江而依，倚窗而坐。寒冷的夜，丝丝小雨从窗前飘过，两岸的人流影影绰绰，不夜城的灯火辉煌如昨。一脉江水波光粼粼，在夜的怀抱里，仿佛古老岁月里一首无言的歌。

夜色中有多少双期待的目光？在寒风细雨中热切地盼望。盼望那火石电光的刹那，盼望那燃尽自身绽放光芒的辉煌。

又是一年一度的烟花盛会。我应约而来。在

夜的静默中，美丽的烟花宛若一个个美丽的女子，盛装登场，倾尽一生的热情作一次无怨无悔的燃烧，璀璨，华丽，妖娆。撑起一片七彩的天空，从繁星点点，到灿若星河。在世人惊羡的目光里，燃烧，升空，绽放，然后坠落，复归沉寂。

回头看满室的谈笑风生，原来都只是相陪我而来，只为今晚订房吃饭的问题，我说了一句"可以看到今晚的烟花么"而变得隆重。

我那个功成名就的堂哥——我伯父的儿子，尽管心里常常牵挂，却一年不打几个电话给他；尽管住得不远，但也只是每年的大年初一雷打不动地陪他吃一餐饭；每到逢年过节，大哥总忘不了送关系户贺礼的同时，派专人给每位亲人送来一份贺礼。为了满足我今晚看烟花的愿望，他一个下午忙碌不停。珠江边能看到烟花盛放的房间，从去年八月十五就开始征订，今晚的赴烟花之约盛况空前。

原来我一直的顾影自怜，只不过是自己狭隘的表征。一路走来，并不是我孤单一人，有多少亲情在默默中相陪，我却无动于衷，忘记了感动。

杯盏交错中，永远处于中心的大哥笑容有些落寞。

大哥离婚多年，子女移民加拿大求学，逢年过节，那个六层的小洋楼是何等的凄清？那个在我们家族之外、相伴大哥多年的女子，除了汽车洋楼这些看得见的物质，大哥何时才不用兼顾前妻的感受、岳父母的感受、子女的想法，让她在阳光下拥有一片明媚的蓝天？给自己一个温馨的家一个精神的家园？

男人，是多么奇怪的动物！看似无情却有情，疑是有心却无心。

雨，渐渐地大了起来，夜寒更重。雨夹霜寒，两岸的看客渐渐丧失了当初的满腔渴望和热情。江边的人流开始变得稀稀落落。

夜空中的烟花,在那个属于它们的世界里,不管不顾的,独自燃烧,怒放,热烈且张扬,孤独却美丽!

生命,不一定是盛邀而来,但最终,不都是孤独而去么?

整个人生,本身就是一种平淡且注定的宿命,生命里的一切努力和挣扎,在软弱的笑容后面,或许都有一颗含泪且坚定的心。

正如烟花,为了那一款注目时的深情,明知道繁华落尽,注定要独自飘零。仍会轰轰烈烈而来,倾尽一生而去。只为,无悔于自己。

爱,有时,只是一个人的事。

因为爱,才想着在一起。

曲终人散,花自飘零水自流,是谁也逃不过的结局。

没有对不起……

红 尘 岁 月

春

　　落叶飘飞的季节，恍如昨日，转眼已成为过去。阴冷潮湿的雾雨天气，让南方的初春，浸濡在湿淋淋的空气里。焦急等待的阳光，像久违的思念，终于从遥远的季节深处，洋洋洒洒而来。一颗种子，匍匐在黑暗里，怀着一种隽永的意念，挣脱母体的拥抱，春，便以盎然的姿势，破土而出。眼前一片嫩绿。

　　繁花似锦的暮春，不经意地，与你相遇。怯生生地把手交给你，你眼底的温情浸润我悲凉的心底，像五月和煦的春风，让我荒漠的灵魂长出一片绿意，心底一片明媚。

　　放飞季节的思念，抛却时空的距离，你，在我心的最近处。花开花谢，日升月降，快乐悲伤，你与我同在。你活在我的呼吸里。

　　万水千山，天涯不过咫尺。

夏

　　夏，以火样的热情，站在枝头上瞭望。

　　我是一支荷，沐浴着你深情的目光，用一生仅此一次涅槃般的绽放，完成你至爱的梦想。

　　你成了夏夜里的一盏灯，照着我前行的路向。沿途的景色，退到我身后，成了今生的风景。

　　从此，曾经冰冷的心灿如夏花，暗自妖娆。甜蜜和哀伤同在，欢喜和寂寞交织。没有你的每一个暗夜，守着满池清冷的月色，思念是我扎入泥土深深的根，缠缠绕绕，滋生蔓延。

　　逐渐，等待成了爱的习惯。从第一滴露珠摇曳在花心，落在窗台，到华灯初上，满城璀璨。遥望有你的方向，想着你正急急忙忙行走在某一条回来的路上，我的思念在岁月的风中酝酿成芬芳的诗行，一路伴你轻吟浅唱。

秋

　　秋风索索，枯叶纷落。曾经的灿烂青翠，落得满地枯黄。自然界花开花落的轮回，是否预示着人类聚散无常的宿命？繁华的相遇背后，是不是最终都逃不过各自飘零？

　　是不是即使情根深种，越深的想望，注定只能是越深的劫难，是爱无法躲过的殇？是不是结局最终都无法穿过世俗，只能陷入悲凉？

　　人生的际遇就像一场梦。记得吗？那间梦幻小屋，墨绿的松，纤尘不染的雪，迷离的夕阳。我说就要那样一间梦幻小屋，我们坐在欧式的壁炉前，闻着咖啡的浓香，看窗外的雪花飞舞，看窗外的粉雕银砌；你说你最爱荷，你说我楼下的只是人工挖就的荷池，如果有机会，会带我去看那一片一片的荷塘；你说……啊！有多少一起编织的梦想，还未来得及实现，便消散在无可逆转的时光河流之上，在来去匆匆的萧索风中。

你消瘦的心事，握不住岁月轮回里我日渐枯黄的想念，剩下我们在暗淡中遥遥相守，彼此看得见眼里的不舍和哀伤。

冬

当第一朵雪花，以绝美的姿势，飘然而下，冬，在炊烟日渐消瘦的相思里，守望着一片雪白，翩然而至。

一个人的站台，空旷寂寥。每当这个时候，总想着你是否会寒冷？记不记得添衣？你是否和我一样，忙碌之余，也会常常记起，那些相守的温软旖旎的时光？是否也会因为曾经的欢笑而黯然心生惆怅？

总想忘记红尘岁月里的爱怨情愁，可总在所有的乔装卸下，一个人和影子独处时，在某部电视电影熟悉的片段中，在某一句熟稔温暖的对白里，和着某一首歌曲的旋律，与你再次相遇。思念蜂拥而至，过往在无可逆转的时空中，再次清晰。

不愿醒来的泪梦，将心事镂刻在深冬的风中，碎了银月满池，一帘相思……

如果有下辈子

"山僧不解数甲子,一叶落知天下秋"。季节轮换,当第一片树叶带着最后的一丝残红,在逐渐远去的依恋里,以一次决绝的涅槃,作最后一次不舍的回望,黯然坠落,曾经的粉嫩枝头,青葱往昔,终抵不过岁月往复里的一阵秋风,一笼秋雨。

拾起一片落叶,置于掌心,看枯黄的苍老里那一脉干红。落叶和手掌何其相似?据说世间上没有两片完全相同的树叶,也没有两个完全相同的指纹。即使挣扎到最后,心血尽失,叶纹和掌纹一样,仍然脉络清晰,一丝一缕镂刻着往昔。

夜的海,海浪一层一层地涌上沙滩,晚风送来海浪轻轻的叹息。多少年不止不息的幽深依恋,痴缠缱绻,才会淘洗出一片柔若轻梦的十里银滩?

提着鞋子,走在海边的沙滩上,那柔若粉尘的细沙轻轻地摩挲着脚底,心里涌起一股细细的喜欢。海的美丽让人无法抗拒,海的深不可测无边无际常常令我在梦中挣扎沉溺让我恐惧,而那些细沙,却是由此至终的欢喜。

我知道我是一个固执的人，固执地守着你的那一句"不管怎样，我会爱你的，用心，永远"。人来人往，我守在最初的路口，等候你最真挚的笑声里暖暖的爱意。

爱是你一路的陪伴和宽容。绵长的时光里，一草一木总关情。用生命中无边的幻想，堆砌出风景秀丽的海市蜃楼，然后凭空想象，一切悲喜，都与你有关。

寒来暑往，等待的时光，欢欣铺上了淡淡的惆怅。有多少烟雨斜飞的日子，落寞，在委屈的泪水中渐渐清晰。

有人说等候是最初的苍老。一季又一季的花开花谢，时光是一把钝刀，在未知的漫长岁月里，将人的灵与肉，一寸一寸凌迟，锈出斑斑血迹。

那样的疼痛一直蔓延到心底。在作茧自缚的绝望里，无助，是一具空有皮囊的幽灵，在白天和黑夜里四处游荡，找不到出口，辨不清方向。只得逃离。

人生是一场漫漫旅途，聚散无常，谁相陪到老？

反复的纠结，不去问上辈子谁欠了谁，你始终像一棵树，仿佛我的无理、任性、反复天经地义，你隐忍、等候、找寻，把心底的爱恋站成沉默的坚持。

曾经开玩笑和你说，我们前世肯定做过夫妻，不然没理由对你毫无顾忌。你含笑不语。其实我懂，你的怜惜。

给我一个坚强的理由。似水流年，即使誓言勾勒不成婵娟，仍陪君笑看花开花谢，一路走远。

今生，不去问寒凉如水的结局。

如果真有来世，亲爱的，请你牢记，下辈子，我在路口，等你……

归　　途

　　夕阳终于收起最后一抹酡红。夜，流水般覆盖了整座城市。路灯，以决绝的姿势，撕开夜的缺口，一圈一圈的光晕，旋转出眩惑的橘红。

　　夜的黑，总让人无凭的恐惧，恐惧黑夜里一切的未知。古人于远古洪荒之中，天地一片混沌之际，是否因为懵懂未知，所以畏惧，终有图腾？

　　爱是人类最古老的图腾。

　　一直以为活得足够淡然，不去问人来人去，只看是缘深缘浅。原来无关痛痒，才可坦然。

　　太久不曾有梦，现在，梦是夜醒着的眼睛。那些琥珀色如沉香般的记忆，席卷而来铺天盖地，在暗夜里与我静静对视。我在梦的荒原里疯狂奔走，找不回最初的我，以及回去的路。

　　梦中向你求助，站在路的中途，茫然四顾，只见天地茫茫，风在荒原上猎猎起舞。

　　想起地底下的花岗岩溶，那样澎湃汹涌，暗自燃烧，终至找不到出口，在黑暗之中沉寂，冷却成钨。

　　原来，爱，有时也找不到救赎。

多想上天借我一双翅膀，可以自由飞翔，飞过沧山洪水春秋四季，飞过满天乌云飞到阳光满地。

原来一切始于虚妄，终于虚幻，佛不度无缘之人。一个人的渡口，任时光起伏，你的彼岸，终无方舟，可以引渡。

曾看路人烧制陶土，以水塑身，以火成型，水与火的煎炼，熊熊烈火中的涅槃，经不起轻轻一握然后放手。

人的情感何其相像？信誓旦旦，终也经不起时光打磨。时光，在日落暮至之间，笑看永恒苍老。

小时候，最渴望得到的是一双粉红的水晶凉鞋，那样的渴望令我在很多年里虔诚到心痛。终于有一天，母亲答应了我。美丽的鞋子却成了过时的愿望，多年前想象拥有时的欣喜和激动消失殆尽，内心再无波澜。

时间，那样强大，人在风口浪尖上独自起舞，还来不及回顾，一切已有结局。

一夕燃烧，终成一缕烟魂，寒潮来袭时，仍是寒气蚀骨。想象中的温度，终究，无法暖那突如其来的冷。

永远，只是一个未央的梦。

终于疲惫。

你熟知我泪水，应知道我软弱。

终于，不再守候，不用期待，不再祈祷。时间，成为毫无意义的刻度。懒散的目光看着阳光慵懒地依偎着对面的墙，笑出开心的模样。对着日落，竖起手掌，看荒芜的掌心那些失血的纹路。晚霞虚弱的光从指缝流过，温热的风在身后流淌。

一切，仍是当年模样。却回不到，最初时光。

转　身

（一）

寂寞红尘里，谁去了来，谁来了去？

千年一梦，亘古的梦里，谁徒步千里，夜夜涉水而来，在伯牙仙乐般的和弦里，和我同奏一曲高山流水，此情不渝？

最深的想望里，是不是有一种爱，可以是千山万水的牵挂和望断天涯的相守，无怨无悔，只为相知而不问结局？

谁值得我，袭一身紫衣，在如水的夜夜薄凉里，点一盏寂寞的心灯，木鱼相伴，敲尽一夜的无眠？

谁值得我，在无悔的坚持里，让时光冰凉的刀，在我光洁的额上无情地划过，即使人老珠黄，即使霜染发，发如雪，也安如若素？

（二）

如梦江南，你一袭白衣，在冬日的迷离里，抚一曲《知音》，风停水止。那些生命里奢华的爱，那些美丽的誓言和美好的憧憬，燃烧过后，剩下的只是灰烬之上的薄如轻羽的点滴感动。所有甜蜜的记忆，像这纷纷扬扬的雪，弥漫了双眼，终是伤离情。

　　花叶开两岸，一世凄凄离。深邃的月色下，我只能遥望你若隐若现的身影，却触摸不到你飘飘的衣袂和温暖的气息。亲爱的，我只能用血样的深情，燃尽我今生的渴望，是否从此，我便是你青翠叶子上的那抹殷红，与你相伴，再也不会褪去？

　　但也只能，做你心底一生的印记。当漠然漫过时光无涯的岸，忘记是最好的结局。又或者是？在无穷无尽的遥遥相望里，默默相守，成就一生不变的传奇？

（三）

　　转身，只是一种形式，不必在意。

　　只是不想，曾经的炽热、曾经的颤栗，在日复一日的循环里，变得平淡无奇。

　　远方的路，很长很长，太多的雪雨风霜。不想用我的渴望，牵绊你的目光。不想一颗心，成为，另一颗心的阻挡。不想你的彷徨，折断你飞翔的梦想。

　　有春花未必有秋实。有些花，徒有花事，即使开到荼蘼，最终，也只能，是一个，零落为泥的结局。

　　既然，有些美好，注定，没有实现的土壤，那么，就让它深藏。放下一份千山万水的记挂，从此，梦断天涯。

　　当，铅华洗尽之后，在老去的岁月里，只要大家还在，或许，我们还会再次相遇。当时光节节败退，一切的美好将会不请自来，你仍会执我的手，轻拥我入怀：原来你还在，真好！

　　这样，原来的心痛心碎，到最后，是不是，只剩下感激？

　　转身，是不是，也是一种美丽？

不说再见

我用一生那么长,去守望。谁代替我,用一生的时光,去遗忘。

——题记

夜从花树下走过,曾惊诧是怎样的一方水土,孕育出满树丰厚的繁花,在如此萧索清冷的冬夜,仍不管不顾地热烈地绽放。花有花语,朵朵的灿烂妩媚,是前世一份怎样的希冀?

纷纷坠花飘香砌,夜寂静,寒声碎。一夜疾风,丝丝花雨,残红满地。一树触目惊心的颓败,一地惊心动魄的凄美。

花树上拥拥簇簇的丰厚繁华,只剩下星星点点零落的花,风卷残云般的决绝离去,却又作如此不忍地停息,那样的一份舍不下,是一种怎样不了的牵挂?突然想起席慕容的诗:"于是/在这黑暗的时刻/我悄然退隐/请原谅我不说一声再会……"

心,于是丝丝缕缕地疼痛。

花开花谢,是自然界不变的法则,聚散别

离，是人世间最缠绵悱恻的一件事。姐姐的一位知心朋友，曾经和姐姐相约：如果有下一辈子，我在路口等你。却始终吝啬和姐姐见一面。或许总想着人生的路还很长很长，总还会有很多很多相守相看的时光。不想一个月后，却因病辞世，走得如此匆忙，竟来不及说再见。姐姐辗转反复，探听到确切消息，悲恸不已。逝者已矣，活着的夜夜清泪，徒然唤醒一枕相思，也恨阴阳相隔，碧海长天，是今生再也无缘抵达的距离。

　　冰冷的结局，是时间最无情的"谶语"。

　　真的是五百年的回眸，才换来今生的一次擦肩吗？茫茫人海，人与人之间要有多深的缘分，才会相遇？与君初相识，犹如故人归。窗外的阳光，一如当年模样，空气中弥漫着醉人的花香，你跋山涉水而来，是擦肩而过还是相识相知，冥冥之中，一切皆有定局。

　　默然相爱，静默相许。固守着最初的爱意，把守候站成今生不变的坚持。

　　花开花谢，绵长的想望，消瘦了时光。夜半梦醒数更漏，独立风中恼相思。"落花如梦凄迷，麝烟散，又是夕阳潜下小楼西，愁无限，消瘦尽，有君知"。心有千褶，时光无痕，当紧拥的温暖终于无法抵挡时光冰冷的刻度，用眼泪勾兑的诺言，终是缘浅，虚幻中的情深几许，终会退让给世间的聚散别离。

　　醉笑陪君三千场，若相守有时，我必离去。

　　那么，亲爱的，转身之前，请忘记最初岁月里回眸一笑挥手告别时的那张笑意盈盈的清丽的脸，请一定相信并忘记所有与君相约的誓言。

　　请允许并原谅我，不说一声——再见。

三、不散宴席

锦瑟年华谁与度　为君持酒劝斜阳。

泪　汀

撑一把洋伞，走过花园花木扶疏的悠长小径，看天空天青色的一方留白，霞光暗涌。

会所三层楼高的屋檐，滴滴雨滴，似离人的泪，以线的形状，将六月，雕刻成绵长的雨季。

情人码头，摊开自己宽厚的胸怀，静水却无语。湖光山色景犹在，树影婆娑人无踪。那些缠绵的身影，缱绻的柔情，在六月倦怠的雨中，如昨日流萤。岸芷汀兰，一场花事，未到荼蘼，还未来得及见证一场相遇，便已零落成泥。

生命的流光，在记忆的浅滩上游弋而行，那些匆匆的脚步，经不起岁月的跌宕起伏，黯然而逝，找不着踪迹。有些固执，依然孑然踯躅于黑夜，在逐渐模糊的来路里，执着地眷顾寻觅。

上天，总在你不经意之间，将你心底的最爱掠走，即使在梦中，也不留余地。游子的脚步，在梦里颠簸，经历了千山万水，几多艰辛，在无可触及的距离里，梦境和现实，固执地保持一致。母亲温暖的手，在虚无的世界里，始终不曾让我轻握，便飘然而逝，空留我，在梦的这端，倾泪唏嘘。

有些决绝，骨肉清晰，即使在梦中，也不留一丝痕迹。

本知道过于执着，只是源于贪念，才无法舍去，无论亲情友情还是爱情。我却试图从浮光掠影的虚幻影像中获得质感，以求真实的永恒。

走过的，总是脉络清晰地印在记忆的深处，即使岁月的底子渐渐泛黄，也眩惑而固执。亲爱，你在那个我终将出现的地方，等了我多久？终于相信，原来所有的过往都只是铺垫，只为相遇。

你沉静而温暖的眼神，越过红尘阡陌、凡世尘嚣，抵及我心底。

十指相扣，你指尖的温暖，是上天种给我的蛊，轻拢入怀的缠绵，在我生命怒放的瞬间，深深中毒。

你隐忍的宽容里，我的恣意任性，始终无法隐藏我孑然的悲伤。姐问我：那你想怎样？我不知道。我要的是不是真的太多？君生我也生，我生君未老，恨不伴君侧，日日与君好。

红尘浊世，来去匆匆，有限的一生里，可否为爱情寻一曲高山流水，觅一脉地久天长？

用锦瑟年华作赌，不肯落幕的繁华，能否开出一朵地老天荒的花？

放不下你的放不下。当转身，也成为一种奢侈，只能安于，在遥遥相对中厮守岁月，和时光一起终老。

守望在相遇的最初的路口，当所有的喜怒哀乐成了遥远的牵念，你便是我心底的那颗泪汀，心动一处，泪已千行。

如若归去

慵懒地拥着一床轻软的被子，从床上挪到飘窗，透过带玫瑰花图案的紫色透明薄纱，看五月温和的阳光飘飘洒洒，在未曾褪去的夜的馨香中，沉淀出你温文带笑的模样。

仍是当年那样的天气，仍是当年那样的阳光。紫荆花在怒放，空气中飘荡着桂花的清香。像极了一部剧情在上演，男女主角轮次登场，在千百万人当中，一眼就认出了对方。

一直以为自己很坚强。

原来，在自己的心中，一直有被娇宠和疼爱的渴望。一直渴望，有一双坚定的目光，在不远处温情的凝望，当我孑然一身、孤独彷徨时，可以伸出一双温厚的大手，对我说：别怕，有我。这样我便可以不用畏惧路上的风风雨雨，有了你的搀扶，我就有勇气走下去。

一直渴望，有一个得力的臂膀，可以为我遮挡前面的雪雨风霜，在暮色将合的傍晚，在倏然惊醒的深夜，在滴漏无眠的黎明，让我惶恐不安的灵魂有处安放。

多想你温暖的怀，能时时将我环抱，任我嗔

怒爱娇，让我在雨打桑叶的清寒中，感受一种坚强的依靠。

原来因为孤独，才害怕无助。

原来不可脆弱，才假装坚强。

在你的面前，我不想假装。仿佛相守了生生世世，即使分离再久，仍会相恋相知。我所有的心事，在你的面前袒露无余。

我曾是你最爱的莲，错过了前世，沦落今生，亭亭玉立在你必经的路旁，阳光下片片粉红的花瓣，都是未了的渴望，只是为了与你再见，只为续一段未了的缘。你却仍是姗姗来迟。我黯然飘落。最终你看到的，只是满池的肃杀和我妩媚的哀伤。

是否错过了前世，注定仍要错过今生？牵不到的手，是不是，在生生世世的轮回里，永远只能是，千山万水的距离？

固执地和你牵扯，只因茫茫人海，能相识相知不容易。若你不在，和谁与共，笑看庭前花开花谢，细数人间细水长流？意浓情深时，谁的目光眷眷，和我把酒向月，笑面春风？

不愿放开你的手，只是害怕此去关山万里，隔断今生前世；害怕碧水长天，烟波浩瀚，生死茫茫两不知。害怕一颗孤独的心再回复孤独，那种细数滴漏彻夜无眠的孤寂……

不知道岁月经历了多少的霜风雪雨，沧海终变桑田？人生却如此短暂，短暂得无力去改变，便已百年。那些曾经相惜相爱的温馨，是否终究都要飘散在无可把握的苍茫之中？

不是我故意，在那些非常熟悉非常温柔的气味里，在每一个心灵脆弱悸动之时，思念总会汹涌而至，从心的深深处涌起，告诉我想你。

原来所有的云淡风轻，只是一种无奈的宿命。你知不知道，所有的骄傲背后，是一种怎样卑微的情深？

如果我们从未遇见，如果时间能回到我们相识相爱的起点。

不想祈求虚无的下一世。即使有下一世，即使还能相遇，谁知道还会不会重复同样的结局？最终是否仍是心碎一地，然后再次悲伤地分离？

有一种寂寞叫坚持

十月,南国都市温热的夜晚有了丝丝的秋意,有风从树梢悄然而过的气息。鼓噪了一夏的蝉已经随风而去,树上的蝉衣,昭示它来过的痕迹。灿烂了一季的花叶,只能在季节的纵深处,在凭吊过往的最后的挣扎里,留下在风中幡然而落的叹息。

有月亮的夜晚,总舍不得太早睡去,总担心就这样睡着了,再也找不到相见的机遇。

也不敢睡得太沉,总想着半夜要醒来,当全世界都已经沉睡,那时候的月亮只属于自己。每当这时,总幻想有一双银色的翅膀,在如薄纱如清梦的银辉下,自由地飞翔。

万籁俱静,就这样坐成一种仰望的姿势,和月亮静静地的对视。

突然想起诗人李白的诗:"花间一壶酒,独酌无相亲。举杯邀明月,对影成三人。"在如此明亮的月色下,与影成双,邀月三人,何尝不是寂寞的隐喻?

只要有光,就会有影子。人这一辈子,是不是只有自己的影子,才会相伴永远,不离不弃?

而"但愿人长久,千里共婵娟"只是人们不愿觉醒的梦呓?

夜深人静,每当清冷的月色如水,漫过窗台,寂寞的脚步声便会穿透黑夜,由远而近。就像蚕蛹咀嚼桑叶,一丝一丝,渗透、蔓延,到肌肤,到血液,到身体的每一个角落,即使抱紧双臂,也无法温暖自己。

原来,有些冷,发自心底。

人在脆弱的时候,即使是陌生人的怀抱,也无力抗拒。

今晚的圆月,清冷孤寂,傲然立在遥遥的天上,不着边际。是不是没有亲近,就不会有远离?不曾拥有,就不需要忘记?自然界的深邃我无从了解,但我想知道,这是不是最好的一种遁世方式?

很多很多的时候,总以为可以忘记。很多很多的时候,总以为不会再记起。可是在某个落寞的午后,当金灿灿的阳光斜照着对面的墙,那些能看得见的哀伤,总会顺着时光的轨道,逆流而上,映出莹莹的泪光;又或者在某个风清月朗的夜晚,当轻柔的风那温情的手,从脸颊轻轻拂过,自以为足够坚硬的心,慢慢地,变得柔软,并且疼痛。不想忘记的人,不能忘记的事,早在心尖上留下深深浅浅的印记,无法抹去,在每一寸回忆里凝成泪滴。

在同一方的天空下,此刻,你已在梦乡。梦中的你,可会忆起,曾经的灯火辉煌?周遭的花在怒放,夜晚的湖氤氲出潮湿的芬芳。看着深夜湖两岸暗黄的灯火,你眼底始终有一抹温情的光。

你说有了心底那份爱,你一定会来。守候在最初的地方,我学会了等待。

原来,回忆也可以取暖。

只是,当记忆的底片被岁月反复地冲洗而渐渐泛黄,寂寞便会站在时光的对岸,静静地对峙。

耳边飘过张韶涵的歌：

> 我始终带着你爱的微笑，
> 一路上寻找我遗失的美好，
> 不小心当泪滑过嘴角，
> 就用你握过的手抹掉。

深深地吸了一口气，却有泪从心底泛起，悄悄滑落。
仰起头，习惯性地抬起右手，将眼角的泪擦掉。
是的，这只手，你握过。

心　　痛

安妮宝贝说：情感有时只是一个人的事情，爱与不爱，只能自行了断。

——题记

慵懒地半倚在咖啡色的沙发上，看午后的阳光斜斜地照着对面的墙。久病痊愈的身子颓废而倦怠，突然怀念起室外的阳光。

就那样呆呆地坐在楼下的凉亭，呆呆地看着一场不期而遇的暴雨，和偌大的金鱼池中被暴雨打得七零八落的金鱼。

谁家阳台的杜鹃花在怒放。高大的凤凰树，叶子不分季节地随风飘洒，满地的金黄。秋天已近，南国的都市，闻不到一丝秋的气息。

花园里，到处是盛开的花，用火样的热情作最后的喧哗。青的草，绿的叶，盛开了一季又一季。谁说春华秋实？自然界也没有永恒的定律。

与你相见，一样是不期而遇。老天随意地给了个开始，却吝啬给一个完美的结局。

一人独处，或在阳光灿烂的正午走在繁华都

市的转角，或在暮色深沉的傍晚走在无人的归途，总会无端地落泪。你知道，那样的泪，与你有关；那样的泪，经岁月浸染，总泛着苍白。

有人说，寂寞是无人能懂，是找不到心灵可以寄托的梦。一季一季的花开，一季一季的寂寞，用心如你，怎会不懂？

曾经，我们一起编织了多少美丽的梦！

走过楼下公园的荷塘，朦胧月色下，在"什么都可以想，什么都可以不想"的自由空间里，眼前总浮现出那些陪着你长大的成片成片的荷塘。想象在荷塘边，有你牵着我的手，在红的花绿的叶中穿行，走过时光的隧道，穿过生死，穿越极限。

你说你最爱莲。我便是那莲中最美的一朵。在风雨未来之前，我已亭亭玉立在你必经的路旁，只为在最美的时候与你相见！只为你见我最美的容颜！

若你能无视地走过，多好！

一切冥冥之中早有注定，所有不可或缺的遇见都无法逆转。所以才有今生无法释怀的遗憾。

是梦总会幻灭，有些爱，注定要被时光深埋。当你在我们中间毅然竖起冷酷的剑，我笑看你，难道付出的情感也覆水可收？你无语。我紧闭涌动着泪的双眼，逼着要你说："我不再爱你！"既然前路已断，决绝是最好的解脱，你却不肯再挥最后一剑，将所有的来路切断，将所有的线索深埋……了解你若我，知道你始终不肯自欺欺人。你最终无语。

安妮宝贝说：情感有时只是一个人的事情，爱与不爱，只能自行了断。可是，当爱不只是一个人的事情时，如何了断？

当相爱不可相见，当相爱只能无语，穿过时间和空间距离的遥遥相思，多像隔着玻璃窗看外面的风景，连寂寞都变得透明。

我在你的遥遥无期的坚持中心痛，心痛我，心痛你。逐渐，我在你的无语中学会了沉默。

只是，伤感的触须爬满了夜的每一个角落，在每一个不经意的瞬间，轻轻一触，便能渗出泪来。有人说过这样一句话：伤感只是自己不肯忘却的借口，是自己坚持的幻觉。或许是，当一个人，将结痂的伤疤一再揭开，只为再见那鲜红的血，再记起那曾经的心痛，而渐渐上瘾。最后，疼痛也变成了快感。

哪里又飘来了熟悉的《离歌》：一开始我只相信，伟大的是感情，最后我无力的看清，强悍的是命运……

啊！命运！

多少年之后，不知道还有没有人记起，曾经的所有的炙热的心事？是否还记起，所有的心痛，曾经是怎样的真实！

凝 固 的 爱

（一）

风轻轻地吹过转角,阳光从寒冷阴郁的季节深处走来,轻轻柔柔地洒下一片亮色,郁闷的心情便一点一点地闪出亮光。

卸下冬的厚重,伴着这柔柔的春风,蝶舞飞扬般的夏娉娉婷婷地从湖边、草地、树梢漫步而来。

造物主是如此的神妙,给你一个清寒萧肃的冬,便给你一个炎热明媚的夏。

春夏秋冬,一年四季的轮回是大自然的宿命吗？山川、河流、星辰有生有灭,才会生生不息。人类是不是也如此？

（二）

楼下的紫薇、杜鹃、鸡蛋花不知道何时已竞相开放？满庭的姹紫嫣红,青的草、绿的树宣泄着生命盎然的气息,让人怀疑季节曾有过衰败的痕迹。

记得也是一个春暖花开的日子,你带着特有的气息,徐徐而来,为一份前世的约定,续今生未了的缘。

温暖的阳光、清新的空气让人突然怀恋起夏季的飘逸。

打开五门大衣柜,满满一柜子的衣服,层层叠叠、拥拥挤挤,每一件,都是心情的印记,或喜悦,或哀伤,或暗淡,或明媚,如同走过的每一个日子。

每年两次的清理、打包、遥寄,旧的去了,新的又来。去了的,不知道如今披在何人身上?能否在别处,找到重见天日的际遇?新的,成为柜中之物之后,早没了当初非买不可的急切冲动和悔恨不买时的辗转反复。真正穿在身上的,也不过是爱极的几件。有多少衣服只是偶然拾起,或者早已经遗忘在柜中的某个角落,郁郁不得志,不知道在柜中度过了多少不见日月晨光的日子?

物和人何其相似?冥冥之中,你我的命运掌控在谁的手里?

(三)

原来一直深爱着的黑色竟是生命中最厚重的主色彩,不分季节不分岁月地占据了我生命中绝大部分的美好时光。

人世间多少姹紫嫣红竟流于我的生命之外。

生命中还有多少这样没有交集的错过?

孩童时代的天空永远是澄蓝的底色,丝丝白云像梦般飘过,风筝在遥远的天边飘荡,常病卧床的我,只能透过床边的窗,牵扯着不舍的目光。

少女怀春,稚嫩的爱恋像春天的小草,散发着青涩的清香。在懵懂不知的忧伤里,蹉跎了多少美好的时光。

春春年华,曾经多么渴望,如水的月色下,在那静如镜面的海边，走在松软温热的沙滩上，当温柔的海水漫过脚面，有人执我的手，一起看远处迷离的灯火，一起诉说地老天荒。

在这短短的一生里，有多少东西是我永远无法得到也永远无法回头的呢？

所有的牵绊和爱恋并不都像故事一样脉络分明，正如曾经错过的多少热切的呼唤和温柔的盼望，还有那连同岁月一起逝去的韶韶年华、亮丽容光。

在那些恍惚的光阴里，那些生命里极美的片段，最终都会像水晶，光亮却易碎。走过长长的时光走廊之后，逐渐暗淡为清晨的微光里怵然惊醒的模糊的梦。

只是，在下一个轮回里，当我在黑暗中沉睡了千百年之后，像蚌一样打开心门时，你还会不会一如当初？不迟不早，走进我的梦中，播一颗爱的种子，然后，让我的泪和你的爱纠结，血水成珠，凝固在我心里。

心心相许，生生世世……

孤 单 记 忆

　　回忆是一部黑白留声机,把刻有岁月痕迹的黑胶碟在脑海中反反复复地播放,然后,沉淀出如梦的昨日和带泪的面容。

——题记

(一)

　　北方下雪了,银装素裹,梦想中纤尘不染的洁白世界。
　　天气预报说,北方骤冷,比以往早了近半个月。
　　十月底的南方,依然艳阳高照,最高气温在30～32℃之间不依不饶地徘徊。
　　天道轮回,也有无常的时候。
　　正如我的爱情,魂魄飘渺。等到下一个轮回,该是多少光年之后?
　　韩国流传一个传说:错过缘分的两个有情人,会在2500万年之后再次相遇。

十年，沙砾变成珍珠，乌首已白发；一百年，珍珠化为血水，皮囊剩白骨；2500万年之后，沧海已是桑田。你我坠入人间轮回了多少空濛岁月？时间和空间的阻隔使多少往事湮灭如烟。我飞越万年，只因心底不灭的情愫，召唤我与你相见。你站在时光的对岸翘首，我翩然而至。

我仍会是你一见倾心的女子吗？

远处飘来你前世不舍的心音："我愿意来生做牛马，也要与你天涯相随"。亲爱的，经历了这么多这么多个来生，你还在最初的地方吗？

（二）

残剑告诉无名：一个人的痛苦，与天下人相比，便不再是痛苦，赵国与秦国的仇恨，放到天下，也不再是仇恨。

我只是一位胸无大志的女子，从来不敢把家国仇恨，世间荣辱放在一己瘦弱肩上。我只知道，一个人的痛苦，也会抽搐痉挛，会撕心裂肺，足以容颜憔悴。生别离，爱无缘，都揪心蚀骨。

浩瀚的历史长河中，除了仇恨，从不乏惊世骇俗的爱情，如卫子夫和汉武帝、杨贵妃和唐明皇。

赵国和秦国的仇恨随时光流逝早已经灰飞烟灭，或者在某个历史博物馆偶尔被人拾起，也已霉变发黄。而爱情，就像空气之于芸芸众生，不管身份显赫还是低微，都不可或缺。千万年之后，对于卫子夫和汉武帝、杨贵妃和唐明皇的爱情，仍会有人唏嘘不已，闻之断肠。

我的爱情与历史无关，我的爱情只有我自己断肠。

人生总是在一路的相遇着别离着，一路的痛苦着快乐着度过。痛多乐少。开始的痛最是难忍。坐看日升不见日落，细数时光如蜗牛爬行。心,就在漫漫的时日中一点一点地被抽空,然后,无边无际的痛。

不知道痛到最后,人是否会变得麻木,然后完全习惯?

(三)

佛祖有"救人于苦海"的法力,可以了"普度众生"之宏愿,可以赐予向他乞求的人智慧、财富,但从不轻诺爱情。

爱情他无法赐予,因为爱情是两个人之间的事情。

爱情是两个有情人心灵碰撞产生的颤栗。这种颤栗的结果有两个:一是有情人终成眷属,大红灯笼高高挂;二是因家庭、金钱、地位、责任等原因,两个相爱的人重新回到各自的起点。就像两个圆,有交集却无法重叠,回到各自原有的轨道。只是在回去的路上,飘落的,是满树的桃花;碎了的,是一地的落寞和繁华。

原来,有些人,不是不爱;原来,有些事,不是不想;原来,有些美好,我们永远无法到达。

站在时光的彼岸,记忆的河床清澈见底。当初的你,当初的我,所有的美好,所有的失落,一一在心尖漫过。

昔我往矣,杨柳依依,今我来思,伊人已去。

只是,在每一个暗夜,拥抱着疲惫的寂寞,卷曲在无人的角落,一个人拥衾无眠时,看着外面,天高、云淡、风轻、月朗,总想知道:现在的你,好不好?

突然想起许茹芸的歌:"事到如今我依然爱你,我孤孤单单的留在回忆里"。

想你，只为忘记

（一）

夜色渐渐地浓了。心事，在水墨样凝重的夜里，慢慢地晕开。

转眼已是十年！曾经的校园现在是否依然青翠？

那时的天好蓝啊，丝丝的白云在天边飘荡，像极青春年少的男女飘拂的心事；那时的草好绿！轻轻地踩上一脚，也会触及心底的柔软；校园里一树树拥簇的紫荆，迷迷荡荡，微风过处，像飘舞的蝴蝶，或有几朵，落在发间、肩上和伸出的掌心，留下一缕缕淡淡的清香。花树下，迎面而立的阳光少年一脸的灿烂。远了，一切的一切。下了车，一字排开的笑脸远远的相迎。对着那些脱掉了稚气的成熟面孔，忽然间有些恍惚：那些青春年少呢？那些曾经熟悉的名字还能否对上被岁月侵蚀的面容？忽然记起花树下殷殷等候的少年在岁月的底里有些泛黄的留言："十年后，我们还会相逢。到那时，我会在这里，煮一壶浓香的咖啡,等你回来。"

时光,再也回不去了。等你再回首,那些深深浅浅的记忆,提醒你曾经走过来的,只是一些清新秀美的春日,和那条雨润烟浓的长路。岁月暗淡的底色,再难沉淀出昨日的容颜。

是谁突然喊了一句:"你还好吗?"就有同学唱起了《同桌》:

>谁娶了多愁善感的你?
>谁安慰爱哭的你?
>谁把你的长发盘起?
>谁给你做了嫁衣?
>……

在这样的一个明媚温暖的夏日,在那两棵百年的参天榕树下,突然间,我泪流满面。

(二)

在夜的沉默中,零落的笑声让喧哗了一天的海滩更显得宁静。

恰同学少年,那些天真烂漫的时日已经一去不复返。身后,那些深深浅浅的脚印,在温柔的海水轻轻地漫过之后,一如那些美好的时光,找不到来路,了无痕迹。是否生命的每一个转角处,都会有一个不着痕迹的伏笔?不知道我们的相遇,岁月作过怎样令人眩惑的铺垫?即使知道,百年之后,不会再有人记取,我们之间,曾有过怎样繁华的相遇和刻骨的相思?可今夜,仍禁不住想你。遥遥银河,无舟可渡,你可知?

平静的海平面,仿佛亘古如斯,让人看不出它曾经的激情澎湃。千年的枫桥边，那盏盏的渔火，是怎样点燃了对岸的无眠？

是谁？在深夜里流连，看楼下的睡莲在寂静的夜里开放，氤氲出满池寂寞的花香？

是谁？在月色如水的夜晚，幻想着有一双天使的翅膀，朝着有你的方向，自由的飞翔？

是谁，在别人的故事里，流着自己的泪，暗自神伤？在自己的文字里，低吟浅唱？

记不清了，有多少个无眠的夜晚，看着寂寥的天空寸寸的染白，想象着你会否因我的思念，倏然惊醒，有着一样的彷徨？一直有太多的幻想，幻想在真实的世界里，有一个可以随时提着包袱投奔的地方。

却不知道，所有的行程，止于起点，没有方向。

终于明白，不管我多么渴望，终不能和你，一起经历所有的欢乐和悲伤。任世间任何一条路，我都无法和你一起同往。

只能是，让那些温暖过我的碎片，组成零星的记忆，在月圆的夜晚，在雾起的黎明，想你。直到岁月老去，直到再无记忆……

流　星

　　茫茫人海，不经意地与你相遇，转首回眸中，以为，今生所有的经历，都只是，和你相识必经的程序，所有的纷扰都只是铺垫，是序曲；以为，有你，人生才真正开始。
　　曾以为，有春花就会有秋实；以为所有的期待，都会有意义；以为，上天会知道我如莲的心事：

> 我是一株千年的荷
> 静默地立在池中
> 日月风霜
> 昼夜不息地
> 从我身上划过
> 我满脸的沧桑啊
> 为五百年回眸的一遇
> 等候
> 等候你的降临
>
> 只为你的降临啊
> 我寂寞地守候了千年

五百年的回眸，千年的守候，我疲惫如风中柳絮，不知道风中舞姿翩翩为谁起，不知道随风飘向何地？与你相遇，我以为，会是一个美丽的开始，有些故事，注定，没有结局。

　　知道知秋叶落，却总幻想，有些叶子，得日月之精华，借天地之灵气，可以傲立枝头，和树相偎相依。一起送日落霞飞，一起看日升月降，一起陪岁月老去。可命运只给叶子和树，一个遥遥相望的际遇；注定，叶子没有坚守的阵地。它最终能做的，只是一次凤凰涅槃般的舍身护爱的壮举；给树留下的，只是一个风舞落叶的绝美记忆！

　　你只是一颗流星，在寂黑的夜里，不经意地划过我寂寞的天际，作一次炫目的燃烧，给我一刻烟花刹那灿烂的美丽，你有你预定的轨迹，却给我的生命划上一道深入骨髓的印记。

　　是你，让我明白，世间极深的爱和极深的痛，品味了人间的百味相思；是你，让我的寂寞化作漫天的星雨，却找不到今生的降落地……

最后的记忆

> 湖北宜昌丰都鬼城,我用我的今生,走过了一回缘起缘灭。
>
> ——题记

繁忙的都市,拥挤的人群,疲惫的行走,没有尽头的相思,让人心力交瘁。那两扇黑漆漆的大门,在几十级巍峨的石阶之上。朦胧月色下,斑驳的树影和涌动的薄雾,增加了它的诡秘。据说人死后,都要到阎王殿验明正身,以定生死。鬼门关,是第一道关口。今夜,带着满身的疲惫,我站在门前,等候召唤。

黑漆漆的大门轰然而开,一股阴森之气迎面而来。从此,害怕在黑夜中独行的我,再与阳光无缘。黄泉路上,彼岸花开,带着一股眩惑的艳。此生,我是花,你是叶,沦陷在爱的城池,遥遥相望。月色下,你衣袂飘飘,却触不到,彼此温暖的气息。花叶生生两不见,相念相惜永相失。

爱,是一场繁华的盛宴,从认识你开始。灵

魂与灵魂的相遇，是一场拥簇的花事。爱，电光火闪，痛，撕心裂肺。你知道，我最怕痛。那么，亲爱的，请让我先从宴席上抽身，在无比清醒和不舍时说再见。

从此，碧海青天无限路，不知何日重逢君？耳边仍会响起你大声说的那句话："不可以！这样不公平！"

是的，我说过：如果这个世界没有了你，留下我孤孤单单一个人，不知道岁月如何将我处置？你也有相同的害怕，同样的不舍。泪水，便是"生死契阔，与子相悦"最后的缠绵。每当心痛时，就会想起《如果我变成回忆》那首歌：

  如果我变成回忆　退出了这场生命
  留下你错愕哭泣　我冰冷身体　拥抱不了你
  想到我让深爱的你　人海孤独旅行
  我会恨自己　如此狠心

  如果我变成回忆　最怕我太不争气
  顽固地赖在空气　霸占你心里　每一寸缝隙
  连累依然爱我的你痛苦承受失去
  这样不公平　请你尽力　把我忘记

然后，泪水，仍是最后的注释。是不是即使相思蚀骨，情深几许，最终都无法穿越生死？那么曾经的执手相看，深情相拥，最终都要归于尘埃，化作无形，何来的生生世世，生死相许？

奈何桥边，三生石上，血红的大字记载着你我的今生前世。前世，我是倒在海边沙滩上的娇弱女子，冷风漠漠，你轻拥我入怀，亲手为我披上葛衣。是你，为我擦去眼角最后的一滴泪。当你宽厚的双手轻柔地扫过我的双眼，你便是，我前世，留在眼中的最后那抹记忆。

今生，循着心底残存的那条记忆的线，我寻寻觅觅。可恨月老错抛红线，你已身披红袍，剪烛西窗，留下我孤单一人，在窗外，呜咽不止。

锦瑟无端五十弦，一弦一柱思华年。

从此，当秋风渐起，或月上柳梢，我十指凝血，游走在键盘，用苍白的文字，祭奠我的哀思；用眼泪，在流血的心里，刻满你的名字。

今生为你流的泪，一滴一滴，收藏起，熬成孟婆汤。迷离的双眼，抗拒着最后的诱惑。谁说仰头一饮，便可忘却旧痛，重觅新生？

我不要。奈何桥边，即使千年，仍要等你来，牵我的手。

今生，等待，缘尽。

做你希望的快乐女子

> 是不是有一种宿命,看着繁花落尽,心和落红一起沉埋尘土,化作无形,也注定没有转身?
>
> ——题记

当身后的门随着嘭的一声闷响关上,由冷漠的日子堆积起来的岁月,如远方散落的积雪,埋葬了往事的温度,纤纤素手,只握住一把苍凉。

是不是有一种宿命,看着繁花落尽,心和落红一起沉埋尘土,化作无形,也注定没有转身?

瞬间幻觉,走出门外就是另一个世界。

每当这个时候,总有股冲动,从此远走天涯,做天边那朵浮云,随风飘荡,不问路向。

风很冷,氤氲着夜的寒凉。徘徊在楼下,看着从窗口溢出来的橙红色的灯光,感觉不到一丝热量。

城市的夜,被不灭的灯火渲染得透亮,孤独的灵魂无处躲藏。

黑暗的转角,熟悉的巨大石柱给溺水的人坚强的依傍。

和心灵对话，眼泪是唯一的语言，汹涌的痛，深爱的母亲和亲爱的你是否能感应？

曾以为，只有天国的母亲相隔遥远，看不见，触摸不到。伤心时只能对着遥远夜空的某个方向，想象着母亲慈祥娇宠的模样，假想着母亲就在身旁。任泪水恣意流淌。

人死之后真的有灵魂吗？还是只是人们无法放弃哀思的一种幻想？

只是，如果真有灵魂，母亲能感知我的一切苦痛一切哀伤，却爱莫能助只能遥遥相望，那会是一种怎样撕心裂肺的痛和殇？城市的霓虹灯照亮灰色的天幕，目光却无法穿透那厚重的阴霾，找到有你的方向。

突然很想打个电话给你，熟捻于胸的数字在手机里输了又删，删了又输，手指反复地摩挲着发送键，最终却失去了勇气。

终于清楚地知道，亲爱的，我已经不再是那个在你的面前任性恣意的女子。

不再对你随意哭，随意笑，随意闹，随意撒娇。我已经有了太多的顾忌。

太多的话仿佛已经无从说起。思念在岁月的原野悄然荒芜，枯黄满地。

花开彼岸，苦苦相思却又只能遥遥相望，我独自经风霜，你一人沐雪雨，谁了解谁的苦痛？谁明了谁的哀思？

当爱里有了太多的顾忌，是不是就是陌生的开始？

原来爱情的虚幻不仅仅是因为空间的距离！

前世今生的轮回，凄美了一腔带血的心事；三生石上的牵绊，摇曳在心间，断肠迷离。

难道生命在片刻的相聚之后真的只能剩下离散与凋零？怀念与回忆？

怀念是一件苦乐交织的事情，虽然痛，但有爱，因为你，我乐意。

　　亲爱的，我害怕的只是，随着这时日的减少，有一天，这场刻骨铭心的爱恋，只剩下一个久远的名字，只留下一段似有若无的模糊记忆……

　　天，依然灰蒙蒙，像一张密不透风的网，看不到来路，找不到出口，没有一丝亮光。你的声音却在耳边回响："我希望你快乐！天天快乐！"

　　思念成殇。今晚，我龟缩在这个无人知晓的黑暗角落，任痛苦淹没我的思想，让泪水覆盖我的哀伤。

　　终会明白，总有些梦想要沉埋，总有些生命要品尝孤独的滋味，总有些伤口会痊愈，在无可逆转无法对抗的时光里。

　　所有的幻想，一如烟花，绚烂而美丽，最终却都会消失。

　　下决心不再对生命提任何的要求。微笑着，走下去……

　　明天，在灿烂的阳光下，没有人看得见我的泪水，我依然明媚。一如，你所希望的，快乐女子……

这个世界我来过

再长久的一生,也不过是,回首时,那短短的一瞬。

——题记

冬,站在春的枝头,频频回首,忍看铅华洗尽。春,在新的轮回里,勃发又一轮的盎然生机。

周围的树木,有的落叶飘尽,只剩无处寻行踪的荒芜;有的叶苞含蕊,娇柳生芽绿吐新;有的墨绿如故,季节缓慢了变换的脚步。我嬉戏地问朋友:同一个地方,同一个季节,为什么树木有如此大的差异?朋友随意答了句:年年如此,何须诧异?我故作深沉:人生如树木,自然界的万物和人一样,有盛就有衰,有生就有灭。她瞪了我一眼:你才知道啊?

是的,我们常常觉得自己语出惊人,自作聪明地以为把很多东西都想明白想透了,殊不知,有多少人已经走在了我们的前面。

人生就如赶场,我们马不停蹄地往前奔,总

以为前面风光无限，殊不知，荣华富贵，金钱利禄，财来财去，都是过眼烟云。紧赶的慢走的，都会有一天，会到达最后一个终点。其时繁花落尽，空谷幽明。

记得看过这样一句话：人生是由哽咽、流泪和微笑组成，而人生的大部分时间都是哽咽。

我们每个人，都是在自己嘹亮的哭声中降临，在别人的悲恸声中离世。我们每一天都在为生活奔波，为前途拼搏。冷眼的炎凉，阻滞的沮丧，失败的颓废，一生中，有多少的人和事不经意间让我们的嘴角不自觉地上扬？所谓的不惑，只是人生几经挣扎后的省悟和补偿。

男人有泪不轻弹，女人也一样。有多少场合可以供我们放声大哭？人来人往，行色匆匆中，我们一再告诫自己要坚强。别人的冷眼相向，让你涌动的泪戛然而止，只剩哀伤。亲人朋友的劝说，除了让你的泪水再度飞扬，让你觉得语言的空洞苍白之外，又能怎样？

流泪终于变成很私人的一件事。或许，在最亲爱的人的怀抱，泪水能让痛苦得到轻微的释放，然后重整行囊，没人可以代替你走过那孤寂的时光。

大多数的情况下，我只是独自一人，品尝人生的酸甜苦辣。呆在无人的角落，沉浸在某一首歌中，陷在某一本小说某一部电视电影的某段剧情某句台词里，这时我听见的，是自己和自己的对白，那是心底的回响。时光的留白，情节的留白，情感的留白，忍痛不发，哽咽渐成习惯。

这段时间，工作的不顺心，老父亲的病况，亲人们的寡情薄义，我终于病倒。

天生的孤立无援让我很早就学会了担当，别人的冷眼旁观从不做他想，只是在孤独软弱时，心底还是存有寄望，所以才会受伤。

原来，我并不是一个大彻大悟的女子。

人情冷暖，心中了然。尽管不乏抱怨，但有时也觉得老天公平，没有给我兄弟姐妹的缘分，却让我此生有那么多侠骨柔肠的朋友，患难相伴，久见真情。在意和关心，从精神到物质，不离不弃。这辈子，心念感激。

落叶翻飞的萧索冬日渐渐远去，枯败的枝头又绽新绿。阳光带着暖意，杜鹃花、木棉花灿烂如昔。

树下，那个脚踏长靴身穿墨绿色高领毛衣玫瑰刺绣裙子双手插在黑色大衣口袋的女子，抬头仰望，蓝天白云阳光，一如当年模样，时光顺着微风的脉搏，在绿叶的缝隙间缓慢流淌。

浩瀚人海，人如流沙，我只是其中一粒。时光流转里，不管怎样的热爱和不舍，我终将离去。人事纷繁，世事沧桑，我真实地活过，努力地挣扎过，认真地爱过，倾力地争取过，在你的心中美丽过。

有爱有憾。无怨无悔。

这个世界我来过。无论悲伤抑或快乐。

最 后

微雨洒芳尘,斜风叶入发,墙内百花艳,门外落叶飘。

目光尽头盘桓的仍是满树金黄落叶如絮,自然界你方唱罢我登场的匆忙与决绝还萦纡于怀,不知不觉间,季节已经完成了变换,笔直的街道,早已绿树成荫。时光常常如此,不愿留给谁一个喘息的间隙。热闹方罢,落寞如织。

一直希望自己是一个心如止水的女人,大不过生死,忘记悲欢的姿势。上天却给我一颗易感的心,一朵花开,一片叶落,一场相聚,一次分离,都能映照我心中明明灭灭的悲喜。

我的五指没有兰花,疼痛却层出不穷,指向你。有些疼痛,毫无来由,那是源自骨子里的软弱,是你,给了我忧伤落泪的借口。

或许,有些相识只是幻觉,我们在幻觉的指引下,从时光不同的切口进入,时光交错里,不经意的瞬间,在某个转角处相遇。

我是一个心境透明的人,幸福的感觉尤其简单。凛冽的寒风中,温和的阳光下,电话里的一句爽朗笑声,想象中的一个疼爱眼神,足以温暖一个长长的四季。

有一首歌叫《爱别离》：如果前方没有路可走，如何退回相识的最初？如果我们从来就不曾相遇，是否不用假装从未爱过你？如果非要别离，这是不是最后一次……

可以轻易地说再见那不叫别离。最困难的是，即使是两个人下了决心离开，走出了长长的一段路后，仍会有人急促地往回跑，奔回那个一直张开双臂守候的怀抱。

苍茫的世间过于拥挤，容纳不下那么多喧嚣和纷扰，不断有人进来，不断有人离开。有人说，喜欢穿黑色衣服的人都有伤口，因为黑色不容易让人看到伤痛。我知道我不能承受太多。爱是我生命不能承受之重，所以拼命地想抓住，舍不得松开。静默的，守候世纪曙光的出现，等待命运最终的裁决。

寒潮来袭时，总想躲在你的怀抱，抵御那突如其来的冷。幻想紧紧拥抱，茫茫世间，就会有一处成为温暖我的天堂。就像那被千百次洗涤过的阳光，如春水般温暖地流过我们的手掌。

世间或许真有天堂，只是无人告诉我，何处可以找到那把通往幸福的天梯。我躲在无人可见的角落，用止不住的疼痛，守护那支离破碎的梦想。

最后，我仍然是卫星升空后剩下的那颗毫无保护的心脏，层层剥离后，复归原始，泪眼蒙胧中，你流星般划过天际，到那再也无法触及的距离。

最后，在你我的生命之外，我们互为过去。冗长的黑夜，当冷冽的风拂过夜的羽翼，薄凉的光阴里，你依旧是我心底最温软的记忆，最温暖的往事。

正如你所说，不管有没有意义，那是你的事，永远记住我，到死。

这样也很好，再也无需用目光丈量距离，只剩两颗心，彼此相依，不离不弃。

多么圆满的结局！

如果爱有轮回

熙熙攘攘的场面,像一个流动的布景,在那一声长长的笛鸣之后,被撤走。空旷的站台,突然变得虚幻和冷清。那一声笛鸣被定格在脑海,在空气中无限地绵延弥漫,格外的凄清。

宇峻怔怔地看着远方的地平线,很久很久。那是烟儿随着列车远去的方向。一别又是五年,五年才一聚啊!一聚一送,人生还有几个五年?宇峻在心里重重地叹了一口气。

寒风夹裹着细雨,将灯下的人影拉得更长。烟儿留下的紧握在手心里的温暖,逐渐变得冰凉。

伤感,在无人的夜晚,突然变得肆无忌惮。

烟儿曾说:喜欢宇峻这个体育健将在篮球场上的矫健身影;

烟儿曾说:喜欢宇峻磁性的歌喉;

烟儿曾说:喜欢宇峻弹着吉他自弹自唱的潇洒模样;

烟儿曾说……

过去了那么久,记忆的片段如暗夜的花,次第开放,散发着蓝色的幽香。

宇峻记得，爱上烟儿是在新生入学的欢迎晚会上。

每个班出一个节目，新上任的文娱委员烟儿责无旁贷。当烟儿站在学校礼堂的舞台上，看着下面黑压压的陌生面孔时，一种孤独感油然而生，怯怯的，有些无助地唱了一曲《故乡》。是为了给烟儿鼓劲，还是青春年少的轻狂？宇峻的手掌拍得最响，零落的掌声中，宇峻的掌声有明显的张扬。

此后，偌大的校园，课室、图书馆、操场、饭堂，只要有烟儿的地方，就会有宇峻在场。

烟儿的好朋友胭红带点酸味地作了总结："只要有烟儿在场，宇峻的眼睛就没有其他人。"

烟儿追着胭红敲她的头："就你会夸张！"

宇峻总是想不明白：在其他女生面前能说会道、镇定自若的他，为什么会在烟儿的面前吞吞吐吐，全无主张？

周六学校的例行舞会，宇峻经常热心邀请，烟儿常常没跳一会，就嫌手搭在宇峻的肩上太累，中途退场，惹得宇峻常常怪父母让自己长得过于高大，却派不上用场。

紫荆花开满校园的那个夜晚，明媚的月色下，紫荆花灿若云霞。宇峻捉住站在花树下的烟儿的双手，说："烟儿，我喜欢你！我爱你！"烟儿在心底叹了一口气，抽出自己的手，说："我喜欢你，但我知道我不会爱上你。"

宇峻眨巴着一双大眼睛，心有不甘地问："为什么？"

烟儿看着宇峻带古铜色的令很多女孩痴迷的脸，答："我喜欢深沉的男人，你不是。你琴棋歌舞，无所不通，太受女孩欢迎。"

宇峻终于知道，太受女孩欢迎也是自己的错。

此后，宇峻开始沉默。常常抱着吉他在宿舍自弹自唱忧伤的情歌，常常喝酒和同宿舍的同学吵架、打架，常常逃学，期末常常补考。只有一点不变，任何时候烟儿回头，总能看到坐在后排的宇峻深情注视的目光。

四年的时光一晃而过,温暖的伊甸园培养出钱来伸手的一族,开始明白"面包会有的"的真正涵义,为"一切都会有的"奔波忙碌中,逐渐疏懒了联系。

毕业时约好的五年一聚,在宇峻所在的那座城市,宇峻的声音穿越时光的隧道,依然熟悉:"烟儿,你一定要回来!否则我也不去,我只想见你!"

仍是那样的性子,仍是那样的话语。烟儿突然想起毕业离校时,车启动的刹那,窗外追着车跑的宇峻最后的叮咛:"烟儿,你一定要照顾好自己!"

十年,宇峻仕途一帆风顺,却在某个喝醉的夜晚,断断续续地打了三次电话,颠三倒四的说同一个内容:"烟儿,如果当年我没有放弃追你,你会不会嫁给我?"

毕业十年,同学再次聚会。站在学校的舞厅,仿佛时光倒流。宇峻热情地邀请烟儿跳舞,没跳完半支舞曲,烟儿就嫌手搭在宇峻的肩上太累,用烟儿的话说:"两个人站在一起,就像是一个低年级的小孩,张望着高年级的世界。"宇峻看着烟儿,无可奈何:"你还是没变,仍然那么娇气。"

这并不影响宇峻对烟儿的一如既往。

宇峻的感情在同学中是公开的秘密。当宇峻站在旋转灯光照射的舞台,遥遥地对着烟儿唱《我宠你,是因为我爱你》时,以胭红为首开始起哄:"烟儿,抱一个!烟儿,抱一个!"听着那些经过岁月浸染已经失去含蓄和羞涩的调笑,烟儿的脸在朦胧的彩灯下不易觉察地微微一红,却不露声色地端起桌上的一杯红酒,越过长长的目光注视的走廊,对着台上的宇峻颔首举杯,忽然有些感伤。时光节节败退,青春年少的美好如约前来,一切却不复存在。

这一场聚会,仍然是以宇峻唱的《祝你一路顺风》结束。

那是每一次同学聚会宇峻必唱的歌：

> 那一天知道你要走
> 我们一句话也没有说
> 当午夜的钟声敲痛离别的心门
> 却打不开我深深的沉默
> 那一天送你送到最后
> 我们一句话也没有留
> 当拥挤的月台挤痛送别的人们
> 却挤不掉我深深的离愁
> 我知道你有千言你有万语却不肯说出口
> 你知道我好担心我好难过却不敢说出口
> 当你背上行囊卸下那份荣耀
> 我只能让眼泪留在心底
> 面带着微微笑用力的挥挥手
> 祝你一路顺风
> 当你踏上月台从此一个人走
> 我只能深深的祝福你
> 深深的祝福你最亲爱的朋友
> 祝你一路顺风

祝你一路顺风！烟儿何尝不知道，这是宇峻的心语，这么多年，一直没变。看着夜幕下窗外飞逝而过的夜景，有泪从烟儿的心底悄悄涌起。

如果爱有轮回，下辈子，一定，爱你……

三生三世之水瓶嫁处女

(一)

非常佩服我的那些朋友们,只要想睡,背后枕着一片树叶,也能睡个四平八稳,梦里飘香。

我应该属于那种不分季节不分时段的冬眠动物。冬眠在我的感觉中,有一种夜行人穿行在无底的黑洞里无处着陆的不踏实感,只有一个舒服的环境和一张舒舒服服的床才能让这种穿行最终脚踏实地。炎热的夏天像是枕在清凉舒适的秋风中,寒冷的冬天犹如躺在和煦的春天里,这样在睡意蒙眬之中半眯着眼睛瞟一眼窗帘开合处不管是唐时风还是汉时雨的天色,纯机械性的没有思想没有情感的在迷蒙中醒来又在迷糊中睡去,弥留状态下无所牵挂的幸福,我想大抵如此。

常常想,上辈子我肯定是一头猪,吃饱了睡、睡饿了吃是我生存的两大目的,不用动脑是我最满意的生活方式。大抵佛祖不忍心年年月月看我这个又白又胖的大美猪如此卑微的幸福最终也会被那残忍的一刀砍碎,最终选择让我投胎做人,却不小心让我自打娘胎起就带着一个病怏怏的身子。即使我肯原谅佛祖门徒众多无从兼顾的疏忽,也无法把佛祖这大意的罪过看作是对我溺宠。

前世的猪轮回为今世的人,应该是没有太多残留的瓜葛纠缠的。那么,我这辈子把睡觉当作是人生的第一大幸福应该是拜佛祖所赐。打我投胎之日起,哮喘和支气管炎如影随形,坐着打盹是我晚上睡觉的唯一方式。等到我长大病好后,不可避免地留下了一个非常顽固的后遗症,把以前没睡足的觉报复性地补回来,让我觉得人生还有些许幸福可寻。

看来,大多后来成型的东西都是有踪迹可循的。为了让我下辈子无忧无虑,我决定,再有机会重新做人我就要做一个健康快乐聪明美丽的可爱小女子!

(二)

星座上说,水瓶座和处女座是有宿命缘分的两个互相爱慕的星座。处女座和瓶子都是头脑发达的星座,常常有很特别的吸引力,可以达到很深入的沟通。两个风马牛不相及的星座,能互相吸引,究其原因,只能归结为诸如南北极异性相吸之类的物理反应:一动一静,一天马行空一脚踏实地,一率性而为一谋定而动,一特立独行一兼听并蓄,真正的南辕北辙。我听过最好笑的一句话是:胖子和瘦人容易相互产生爱慕,用在这里最为合适。

我是典型的瓶子,水瓶座所有好与不好的特征我都具备。我爱瓶子身上具备的所有特质。瓶子好学,我从来只耻于不懂而不耻下问;瓶子缺乏安全感,我常常心怀恐慌不愿让自己置身在陌生的环境、黑暗的地方;瓶子比任何人都要敏感,都要细腻,常把心事当作隐私,明白隐私只有埋在心底才不会伤害自己;瓶子常用微笑来掩饰她的无助,她的彷徨,她的悲伤,我认为只有最爱的人，才需要知道自己心中所想……

我欣赏处女座身上具备而瓶子没有的任何特质：处女座精明能干，谦逊谨慎，刻苦务实，一丝不苟，深思熟虑……最爱处女座做事有计划有远景有规划，贯彻如一。这种人不至于让你上一餐大吃汉堡包，下一顿用白开水填肚子。这无异于是一张直达的长期饭票，对于我这种懒散随意、随心所欲做事不求目的的瓶子实在是太有吸引力（实用主义的最佳构想）。星座上说处女座啰嗦难耐吹毛求疵，所谓爱之深责之切。如果他一辈子的奋斗都只为你，何妨在他对你怒其不争孜孜不倦的试图改造你时给他抛几个媚眼，趁他无可奈何之余再开着音乐戴耳机？

既然注定互相爱慕，那么，我决定，下辈子，处女座，我嫁你！

麻烦你，祈求真有下辈子……

婚姻，一场赌博

不是每一段爱情，都能成就婚姻，不是每一段婚姻，都与爱情有缘。

——题记

有人说，婚姻是爱情的坟墓，这仅仅是说对了一半。两个人来自不同的家庭，完全不同的个体，有着不同的性格秉性，不同的生活环境，不同的文化背景，不同的社会关系，因为感情而铸就婚姻，婚姻在法定的形式下给爱情一个固定的轨道，让爱情在这个轨道软着陆，然后前行。婚姻里的两个人，从原来的遥遥相望到零距离的对视，自然会消失对对方原有的美好的空间想象，柴米油盐的忙碌，少了花前月下的浪漫，让日子变得平凡粗糙甚至庸俗。再浓烈的爱情，也禁不起时间的打磨，变得平淡。

并不是婚姻扼杀了爱情。爱情一如鲜花，鲜活、浓烈、炫目，这注定它不可能长久。即使它不遭遇婚姻，也会在双方挥手再见、两个背影逆向而行时，由曾经的激情澎湃慢慢变成涓涓细流。曾经靠付出支撑爱情的两个人，变成靠回忆来取暖，总也无法对抗时间的强大，自以为终生无法忘记的人，在念念不忘的过程中，不知不觉地淡忘。那些浓烈的色彩，渐渐淡化成目光能及之处的那抹炊烟，清晰可见却梦般遥远。在时光寸寸老去的岁月里，幻化为一纸泛黄的记忆。或在心灵偶有触动的刹那，淡化成心底的只有自己能听得见的那一声叹息。

婚姻，不管是爱情的瓜熟蒂落、水到渠成，还是其他的非爱情因素造就，对走进婚姻的两个人，都是一场考验，一次赌博。尽管现代的聪明人试图用"试婚"来检验双方在一起的保险系数，但毕竟是活生生的两个人，从里到外都有太多的变数，"试婚"也不见得是一试则灵的试金石。

不管是由爱情缔造的婚姻还是其他原因形成的联姻，结果都不外乎两个，非此则彼。爱情的瓜熟蒂落，最好的结果是，婚后大家互相珍惜，懂得用放大镜去照对方的优点，用盲公镜看对方的缺点，迁就、宽容、包容，大家和和美美，白头到老。相反，另一种却是，由于曾有的爱情浓度而对婚姻寄予了太美好的想象和太高的厚望，结果无法适应婚前婚后的落差，双方难以磨合，最终曲终人散、分道扬镳。

其他原因形成的联姻，一开始就有更多的不确定因素，让人内心更加忐忑，不敢盲目乐观，但不见得就暗无天日。从零开始的无感情组合，两个人都不会对婚姻有太高的寄望，置之死地而后生让人更容易有惊喜。祖祖辈辈的经验告诉我们，共同的生活，彼此分担、共同进退也一样能培养出感情，一样可以白头到老，幸福美满。

婚姻就像鞋子一样，穿在脚上才知道合不合适。这句话，本身就是生活千锤百炼出来的真理。再华美的鞋子，穿在脚上烙脚，也只落得个难受。

婚姻，拿的就是青春甚至爱情做一生的赌注。成功的婚姻，赢来的是幸福。失败的婚姻里没有赢家，不管是决然离开还是苟延残喘，都会是一生中孤寂难忘的晦涩记忆。

做你手心里的宝

"固若金汤"一词,最早用于围城。现代婚姻这个"围城",似乎和这个词再难扯上关系。所以顺应时代的变化,有人提出了"不在乎天长地久,只在乎曾经拥有"的口号,看似洒脱,细细品来却有一股酸不溜秋的妥协意味。大凡人,既然相爱,谁不想着地老天荒?既然奋不顾身冲进围城,谁不希望地久天长?

初进围城的两个人,无异于鬼子进村,探头探脑,对未知的一切充满了探索的好奇。偶有忐忑不安,也因为有爱而热情高涨。但毕竟相爱容易相处难,柴米油盐最能消耗浪漫,让日子归于平淡。曾经的公主,现在的家庭主妇对爱情和婚姻最大的幻想是"我永远是你手心里的宝,和你一起慢慢变老"(最好是你怎么老我也永远不要老!哈哈!)。据说爱情的保鲜期只有三个月甚至更短时间,怎样才能成为你那位冤家手心里永远的宝呢?

1. 学会倾慕他

现代家庭婚姻关系调查的结果是:最稳固的家庭维系是妻子倾慕丈夫型。女人的爱恋可以很表面，但倾慕肯定来自心底，这需要丈夫的配合。如果丈夫是一个足以让女人觉得终生可以托付和依靠的男人，即使暂时达不到这种境界，丈夫也努力把自己打磨成妻子心目中的男人类型，那么，这种倾慕就自然而然。女人在这种男人身边，应该学会永远像热恋般，心中的放大镜只用来照对方的优点。要的不是你自欺欺人，而是一如既往地爱他。爱火燃烧的结果让人义无反顾地冲进围城，围城的维系需要双方都作出努力甚至牺牲。

2. 学会撒娇

撒娇的女人娇媚天成，男人天生对娇媚的女人没有免疫力。自古就有杨贵妃"回眸一笑百媚生"以至于唐玄宗感觉"六宫粉黛无颜色"的例子。不要以为撒娇就是一味的"嗲"。"嗲"虽然也风骚入骨，但再好的菜式一成不变也刺激不了味蕾。热恋时每一个柔情的动作，每一个媚人的眼神，都可以成为你反复排练不断创新的绝招。外面世间的风霜雪雨他没少经历，如果你再和外面强强联手，只会把他推向那些对他虎视眈眈的女人的温柔陷阱。多怜惜他疲惫的眼神，经常地给他递一杯热茶或者咖啡，适时地偎进且温柔地呆在他的怀抱，躺在舒服的沙发把头枕在他的大腿上一起听流水般的古典音乐，让他拖着你的手在月下漫步，在他心情好时跳进他的怀里给他一个热情的拥抱……在那些对他有觊觎之心的女人开始对他进行温柔攻势之前，让他阅遍所有温柔，他才有更强的免疫力，才不会轻易动心。

3. 学会流泪

"眼泪是女人最好的武器"。不知道是哪位先知实践出真知，抛下这句至理名言，却吝啬附加操作说明，让不少女人不明就里的滥用。最严重的结果莫过于台湾的言情剧，无泪无以言情，无泪无以成剧，泪水泛滥成灾，让人惨不忍睹。须知因为稀有，所以珍贵。不管是多好的武器，用得多了敌人就会熟悉而降低它的杀伤力。动不动就学言情剧的悲情女主角的结果是，你那位冤家巴不得早一点脱离你的苦大仇深。眼泪要用到恰到好处。当他发火想和你吵架或者吵完架想和你和解时，你就眨巴眨巴眼睛让眼泪流出来吧！这是世间上最委屈的眼泪。让他知道他当初那么不依不饶地非要追到你，不是要你来给他做出气筒的。让他后悔并且谨记这辈子最不应该做的事情就是朝你发脾气。在他痛苦、悲伤的时候学会倾听，分担他的痛苦，让他在你的面前偶尔软弱，放下包袱重新上阵时他会变得更加强大，陪他流泪吧，须知"男儿有泪不轻弹"。

4. 学会爱自己

谁也无法保证一辈子爱你，只有你才可以对自己始终如一。18岁的女孩漂亮天成，28岁的女人圆润成熟，38岁的女人柔媚入骨，48岁的女人豁达知性……所以爱自己不是要你一味地只注意你那张脸蛋，再漂亮的脸蛋如果缺乏内心，也就是一个毫无生命力的呆板木偶。无人可以阻挡岁月沧桑的脚步，但每个女人都可以拥有不同时期的不同魅力。这就必须学会内外兼收。一个外表漂亮的女人让人咋看只是养眼，修养、学识、气质、风度集一身才能让一个女人美丽。这样的女人才能进入男人的内心，并且深藏心底。

5. 保持适当距离

进入围城，夫妻的亲密无间变成天经地义。但只是两个毫不相干的圆有了交集。不要把丈夫当作自己一辈子的事业，过分的关注只会形成捆绑，任何以爱的名义的捆绑，都会令对方压抑，导致婚姻窒息。女人要学会放风筝，一方面把线攥在自己手里，让男人有自己的天空，线的这头拉放自如；另一方面，不要让目光只围着家里的四面墙打转。目光关注的范围过于狭窄，常常会让人无端生事。把自己目光投到外面去，寻找自己的圈子，培养对自己有益的兴趣。这样，两个亲密无间而又相对独立的个体，没有了那种亦步亦趋的压迫感和危机感，才不会"外面的人想进来，里面的人想出去"。

6. 帮助丈夫树立责任心和成就感

成熟的男人是聪明的女人造就的，勇于和善于花丈夫的钱，是女人造就男人必不可少的步骤。一个喜欢强调自己自立自强不花丈夫的钱的女人过于冷硬，难以激发丈夫怜香惜玉的爱心和为家庭努力拼搏的责任心，也会打击丈夫我有本事赚钱给我所爱的女人花的成就感。责任感在很多男人天生就有，但现代社会评价男人是否成功的标准过于单一，使男人少了很多成为英雄的渠道，因此，男人备受打击而普遍缺乏成就感。

妻子不应该去打击丈夫的这种需求或追求，打击的结果是把他往外推，让他到外面的女人身上寻找。聪明的女人要学会让丈夫即使身上还剩一百块钱，也屁颠屁颠地掏九十块钱给你用。

7. 弱水三千，只取一瓢

人世间的感情有很多种，亲情、友情、爱情，你没有权利独占。喜他所喜，爱他所爱。亲他的友情，近他的亲情，只要他的爱情。亲情是他的根，需要你好好维护；友情是他的土壤，需要你好好灌溉。让他的亲人肯定你接纳你，让他的朋友认同你赞许你，你就有了一个巩固的后方，一个坚定的联盟，一个不可攻克的统一战线。

无论是亲情、友情还是爱情，只有单方付出的结果都会导致付出的一方心里不平衡，最终都是不会长久的。婚姻需要双方甚至是多方来维系的，集中点是夫妻双方多沟通，从夫者要多作自我牺牲，敢于担当；从妻者要善于把握，多点温柔、呵护，勇于奉献。

围城是两个人的围城。不后悔进入，乐于面对，安于终老，是婚姻的最高境界。

让彼此的心都知道，我有多好，让你心甘情愿爱我；你有多好，让我死心塌地做你手心里的宝。

中篇 念亲恩

一、离　　散

　　子欲养而亲不待。久别的渡口，目光望断千山万水，您仍然是，我的午夜梦回。

我不孤独

> 在某一个冬日的暖阳下,当斑驳的阳光斜靠着对面的墙,我当忆起迷漾岁月里最初的快乐和哀伤。
>
> ——题记

生　日

漆黑而寂静的夜,躺在那间冷如冰窖的病房里,伸手不见五指。呼啸的北风一阵紧接一阵的拍打着那扇年久失修的窗,急促的心跳在黑夜里回响。护士说医生开会去了,漫长的等待里,意识逐渐模糊。

母亲说我是午夜出生的,父亲却说被告知得了千金那一刻,他听到了鸡鸣。

长大后,母亲总摸着肚皮上那条像蜈蚣一样的伤口对我说,宝宝就是从这里出来的。

原来,生命总伴随着疼痛。

20多年后生命的到来受到了隆重的礼待。在医院明亮而温暖的房间里,当我躺在手术台上,迎接生命的来临时，我终于明白，多年前那个寒风呼啸的隆冬的夜晚，当手术刀划过母亲的肚皮时，那是一种怎样的疼痛和彻骨的冰凉。

我的朋友们热情而好客，每年，她们都会呼朋邀友，兴高采烈地庆祝生日，杯盏交错之际，我总是默默地念着一串属于自己的数字。

在那样的一个男丁兴旺的家族里，母亲用了20年的泪水和着中药，烘焙出一个弱不禁风的女婴，身边的白眼内心的煎熬，憔悴了母亲如花的容颜。生命里有多少欢欣就有多少苦痛，欢欣都挂在脸上，而苦痛，只有自己懂。

当受尽病魔折磨的母亲静静地躺在广州殡仪馆，远在600公里之外身体不适的父亲没有赶来见最后一面。我一个人死死地攥着母亲的手，生怕母亲再去受那锅炉熊熊大火的煎炼，却阻止不了母亲最后成为我怀里抱着的匣子的一撮灰。

生命里太多的不安、恐惧和苦痛，在别人看来很普通的生日，于我，却变成了很私人的一件事。既不想给别人太多的负担，也害怕轻视的伤害。除了至亲之人，我身边的好朋友几乎无人知晓我的生日。

过　年

少年不识愁滋味。小时候是喜欢过年的。

弱不禁风的身体对食物基本没有需求，看着过年时门前贴着红红的对联，收到利是红包那一刻窃窃的欢喜，捂着耳朵听着小伙伴们点燃爆竹那一声声的炸响，便有一些快乐从小小的心底涌上来。

长大后，小伙伴们各奔东西，过年逐渐冷清，才知道，当初所喜欢的只是那种拥挤的热闹。

除了过年，几乎所有的节日都喜欢挤在朋友堆中，杯中茶酒总能抵抗一些冷清寂寥。过年是亲人团聚兄弟姐妹热闹的节日，再好的朋友也只能遥遥送上一句祝福。生活在钢筋水泥的都市里，没有了母亲的倚门盼望，没有兄弟姐妹的热切召唤，冰冷的四壁隔断了泥土发出来的幽香和爆竹那种熟悉的火药气味，隔断了故乡遥远的回眸。看着别人你来我往的热闹，越来越害怕过年的冷清。

那种年代没有兄弟姐妹相伴的母亲，一定是了解女儿内心的寂寞的，却无能为力。这是否也是母亲生前挥之不去囤积于内的一块心病？

母亲说：宝宝，没有人疼我们时，我们要学会自己疼自己。

看到母亲说话时闪烁的泪光，当时年幼的我并不明白其中的深意。

记得有人说过：能够用钱买得到的快乐不算是真的快乐。是的，一个人经过自己的拼搏努力获得成功的快乐是用金钱买不到的体验，只是，这个世界上有太多的东西与勤奋拼搏没有关系，我们无处努力，永不可及。

于是，在母亲闪烁的泪光中，我学会了疼自己。把自己扔在物质堆里，那种坚实的填补让人暂时忘却生命的缺失……

痛　　失

又是阴雨绵绵的季节，这样的季节最让人断肠。最爱我的母亲已经离我而去，人间和天堂何其遥远？可会有一条最近的路，将我这绵绵不断的思念，送达给天国的我最亲爱的母亲！

——题记

清明时节，南方的天空，雾气笼罩，雨，纷纷扬扬。灰色的天幕笼罩四野，让人分不清天和地，分不清雾和雨。到处湿漉漉的，无边无际的哀愁绵延而来，一直弥漫到心底，坠得心生痛。

堂哥哥们回去了，母亲，您的坟冢的杂草又长了吧？一年一度的这个时候，女儿总不能回去，您的周围热闹吗？您会像生前倚在门前盼望女儿回家那样望穿秋水吗？没有女儿的脚步声在您身边响起，周围的人声、鞭炮声，会让您觉得更加孤清吗？

13年了。13年前的那个春节，女儿像往常倦燕归巢，却看不见您倚门顾盼的身影。原来，半年以来的腰痛已折磨您站不直腰。为了不让

600 公里以外的女儿担心，您一直报喜不报忧，阻止任何人告诉我病情。当我坐在床前，看着消瘦的您，一种不好的预感在心中蔓延。年后和您来广州，华侨医院的化验结果出来，印证了我的预感——肺癌晚期！癌细胞已扩散！腰痛就是症状！一张化验单，一纸判决书，一个晴天霹雳！炸开了我心底。从小到大，哪里有母亲那里就是我的家，母亲是我的精神支柱，是我心底最深的牵挂。我强忍悲痛告诉您没事。您愉快地说着您的构思：等病好后，您不再回去，和我住在一起，等以后帮我带孩子。多好的天伦之乐！您却再也等不及。当您坐上摩托车，我在后面抱着您，我强忍的泪水终于决堤。我看到自己的灵魂绝望地冲出躯壳，在马路上疯狂地横冲直撞，摔到又爬起。恍惚中听到您叫我别张嘴，风大，以免撞风感冒又咳嗽。母亲嫁给父亲 20 年，吃了 20 年的药，治好了病，才高龄得女，生下我。我一生下来，就先天不足，身体孱弱，支气管炎、哮喘一直陪伴我，度过了整个少年时光。我是被药焙出来的，又被药焙大的，担心我的身体便成了母亲一生的习惯和责任。母亲在这种担心和煎熬中，日复一日地耗损了她的心血，透支着她的身体，慢慢地老去。我听着母亲的叮咛，心底早已泪水滂沱，汪洋一片。

后来的住院断断续续，您的身体每况愈下，疼痛不断加剧。在您的疑惑和一再追问下，我只得告诉您实情。您说不可以，不是说好人有好报吗？我从来没做过亏心事。是啊！母亲心地善良，待人热情大方，一辈子与人为善。那天在华侨医院等结果，我们在门口的饭店吃饭时，一个老奶奶拿着一个盆进来乞讨，您二话没说，把您最喜欢吃的鱼全倒到奶奶的盆里，我叫您留一些，您还说：那奶奶怪可怜的，我们回家再煮来吃。多善良的母亲啊！老天为什么不怜惜？！

后来的日子，你积极配合医生，打针吃药，我到处搜集偏方。每一次，您像溺水的人抓住救命的稻草。我知道，是要活下去，将来帮我带孩子的信念在支撑着您。看着您大把大把地吃药片，大碗大碗的苦药倒进嘴里，却阻挡不了脚步的远去；看看你由原来的还能行走到只能站立，再卧床不起，我心痛得窒息。每晚的每晚，从隔壁传来您的呻吟声时，我分明听到死神的脚步一再响起。从小就不肯参加扫墓、祭祀被您骂作叛逆的我，多少次，深夜爬上楼顶，跪倒在地，燃大把大把的香烛，对着苍穹膜拜，希望上天能听到我心的呼叫，能看到我虔诚的泪水，能减轻您受的罪；能让我用我20年的寿命换您多活10年，怜悯我，让您活下去……

上天没有理会我的祷告。如医生所料，半年后，您进了特护室。在生命的最后时刻，您还是没放弃，喝下了最后一碗苦汁，又全部吐了出来。母亲，半年来，为了活下去，您喝下了多少这样的苦汁！可改变不了任何现实！今晚，您的灵魂，绝望的，作了最后的抗议。只见您干枯的手，无力地划了个半弧，我一愣，没及时抓住您的手，您挣扎了一下，就撒手人寰，永远地，离我而去……

母亲，您最后的那个动作，肯定是不放心我，不甘心就这样离去。您肯定是希望我抓住您的手，把您拉回现实。女儿却没会意。您为我，您的独生女儿，用尽了一生的心血，我未能报答您，您就这样离去，我肝肠寸断！没能抓住您最后的手，是我今生最深的痛，最不可原谅的错误！

人生太苦，我不愿意相信有来世。可是母亲，我多么希望您走过奈何桥时，不要喝那碗孟婆汤，我不要您，从此把我忘记。因为您，我希望有轮回，我希望有来生来世。我希望来生来世，生生世世，我们都能做母女。我要赎我今生的错，用我的心，我的爱，生生世世，还您……

遗 憾

> 既然，命运不肯给我选择的机会，那么，我，选择安然接受。
>
> ——题记

（一）

人生有很多无法释怀的遗憾，最大的莫过于子欲养而亲不待、相爱却无缘在一起。

父亲最大的遗憾是生了我。

在我的印象中，父母一直争吵不断，我常常想，如果我是一个男孩，会不会有所改变？

父亲的亲兄弟，我的叔叔生了五个儿子，在霸道而强悍的叔叔面前，父亲始终抬不起头。母亲的美丽、勤劳、善良，在奶奶、叔叔婶婶，甚至她最亲的亲人——她的丈夫我的父亲的眼中，都无法抵消她没有生儿子的过错。

深宅大院的暗淡岁月，我是母亲唯一的亮光。母亲在"捧在手里怕摔了，含在嘴里怕化了"的小心翼翼中,用全部的心血浇灌她唯一的一棵娇弱的幼苗。我在母亲殷殷期待的目光中,不算茁壮却不负期望地成长。

我知道,母亲不长的一生中有太多太多的遗憾,唯一骄傲和自豪的是生了我。我在母亲嗔责的口吻中,在母亲柔情的目光里,感受世间最厚重的疼爱。

母亲去世后,年老的父亲来和我们一起生活。共同生活了那么长时间,我始终无法改变他"嫁出去的女儿泼出去的水"的观念,也无法改变他内心深处寄人篱下的感觉。当听到某人从别处过继了一个儿子,儿子一家搬来和老人居住时,他毫不掩饰他的羡慕,并异常坚决地要过继一个儿子养老,由我承担一切费用。

懦弱的父亲承继了家族的大男子主义血统,以他独特的方式生活,从不需要顾及我的感受,也不在意是否会伤害我。

或许,父亲最大的遗憾不是生了我,而是,我在母亲开膛破肚后挣扎着出来时,没有顺从父亲的意愿,非常不小心地忽略了自己的性别。

(二)

夜深人静,当隔壁又传来父亲变了调的瘆人的嗥叫时,我知道,可怜的父亲又在和缠绕了他一辈子的噩梦搏斗。

或许,曾爷爷最大的骄傲是奋斗了一生之后,让他的儿子我的爷爷一出生便承继了一个地主的名分和方圆几十里的田产。而这却让我20多岁的爷爷染上了血光之灾。当土匪的大刀往我爷爷的头上轮下时,当时只有几岁的父亲刚好在黎明时分睁开双眼,看到了这血腥且恐怖的一幕。

爷爷去世后,我那小脚裹成三寸金莲的奶奶异常坚强地支撑起一个大家。曾爷爷的遗产确实让早年的父亲过上了一段差奴使婢的生活，但爷爷的惨死让父亲形成了自闭的性格和做了一辈子的噩梦。

父亲是可怜的，母亲肚子的不争气让他这个长子在家中毫无地位可言，爷爷的去世，更让他的幼小心灵蒙上了一层灰霾。不管时光如何清洗，那些灰霾仍然固执地盘绕在他的心头上，厚重且结实。

（三）

是不是所有母亲的心目中，自己的子女都是出类拔萃的？

当准女婿带到母亲的面前时，和母亲心中的标准是有一定的距离的。善良的母亲却爱屋及乌，很快地把她疼爱的心分成两半。

母亲并不知道，娇弱的女儿很早就清楚，自己稚嫩的肩，难以扛起赡养父母给父母养老送终的重担，冷眼扫过一切花红柳绿，异常清醒且坚定地把目光锁在愿意和自己共挑重担的人身上。

母亲始终不知道，女儿这份沉甸甸的孝心。在我组建家庭后不久，便黯然辞世，把长长的遗憾留给了漫长的岁月。

父亲并不领我这个情，早忘了最初的岁月他一再躺在医院里，女婿衣不解带的照顾。他那充满猜疑的缺乏安全感的性格，常常使他处于高度戒备的状态，十多年的共同生活，他常常以刀子般的语言作为他的防身武器，每每拿来凌迟他的女婿，剐割我的心。

（四）

一直以为，我不爱父亲，只是在尽一个女儿应尽的养老送终的责任。

当那晚，消瘦虚弱的父亲晕倒在洗手间，抱起他却一再休克时，我才知道，我是多么的害怕，害怕再也见不到父亲时那种人去楼空的感觉。

母亲，我最亲的亲人，我见证了一个生命从昂扬到消逝的全过程。我以为，经历过生离死别后，我的心已经足够坚硬。生老病死，只不过是自然规律，是生命轮回的过程。父亲，给了我生命的最后一个亲人，又在我面前上演相同的一幕时，我才知道，我原谅了他所有的不完整，他仍然是我心底最深的守望、不舍和牵挂。

原来，所有云淡风轻，只不过是与人无忧的轻快，只有在至亲至爱面前，生与死，才会分外沉重。

有人说：不完美的人生才是真实的人生。或许是。席慕容也说过，世间有多少无法落幕的盼望，有多少关注多少心思在落幕之后也不会休止。

人生不可能没有遗憾。有些不肯落幕的遗憾，比长长的一生还要长。

亲爱的，我的遗憾你知道，我却无法企求。

正如，我无法企求上天，予我完美。

萦 绕

　　母亲得病时，被确诊是肺癌晚期。

　　其实，有些东西，心里早已经隐隐的在怀疑，只是过于深爱，仿佛只要自己不承认，拥有的东西就不会失去，所以一直在逃避。

　　那几个字从医生的嘴里吐出来，思索了一段时间，挣扎抗拒了很久之后，在泪水滂沱中，终于不得不默认事实：那个热情、善良、美丽、充满活力的母亲在长期的奔波操劳中已经油尽灯枯，悄然老去。

　　愤然医院的无能为力，到处搜罗奇方偏方，焚尽多少香烛膜拜祷告，只是源于一种深深的恐惧，只是恐惧母亲的深爱一去不回，永远远离自己。

　　所有心有不甘的努力都阻挡不了母亲脚步的远去。母亲永远躺在了那个山清水秀的山坳，那个冰冷的墓穴里。

　　终于明白：世间上真的有些东西不可逆转。今生今世，自己再也没有可以回头的路，再也没有可以重新获得的机会了。

　　午夜梦回，所有的梦境都被泪水打湿。一次

又一次，疲惫于梦中带母亲求仙问药、四处奔走；疲惫于梦中的母亲病情有转机醒来却仍是人影无处寻觅；疲惫于固执地攥着母亲的手，不愿意相信就此人仙相隔，不愿意放手让母亲就此离去……

有母亲的日子，一切都无忧无虑。母亲的离去，让我结识了上帝；开始祈求有天堂，祈祷天界没有地狱；期望有灵魂，期望灵魂和灵魂可以在遥远的天国相遇……

每年清明的拜祭，都交托给了堂哥哥们。而我，恃着母亲一辈子的娇宠，在遥遥的大都市里，焚上几柱香烛，烧上几沓纸钱，遥寄哀思。知道深爱女儿的母亲想到的只是女儿不要累着，不会责怪自己。

夏日梦中，母亲前来相见，猛然惊醒：那不是母亲，那是母亲的坟墓。最后拜别母亲，已有十年。母亲以这种独特的方式进入我的梦境，是谴责我还是一种不可言说的挂念（母亲何曾舍得谴责我？是我谴责我自己）？我有多久没回去！她是多么想见她的外孙和心爱的女儿！

回乡的脚步急切而凌乱，回乡的路再次变得清晰。

记忆中鲜活的母亲永远躺在冰冷的坟墓里。风雨欲来，山风呼啸，红烛落泪，纸钱翻飞，在袅袅的烟幕里，我思忆如潮，落泪如雨。

想起母亲高龄得女，怀抱着先天不足、脆弱多病的弱小生命，有着怎样深深的恐惧？

想起母亲背着病中幼儿，走过多少大街小巷，走过多少平地山林，行在暮霭中，走在黎明里，风来雨去，有多少岁月，斑驳了如水心事？

想起当朗朗的读书声传来，病倒在床上的女儿挣扎着要上学，母亲说"乖宝宝，我们不着急，我们先治好病，再上学"时含泪的目光。

想起当阿姨们赞女儿长得水灵时,母亲一边摸着自己开过刀的肚皮,一边说"那是一定的,我女儿是从这里出来的,沾着仙气"时自豪的语气。

还记得吗?母亲。高三那年下晚自习,女儿刚想走出课室,一贯的低血糖使从座位上站起来的女儿天晕地转,一下子不省人事。是同学背着我和老师一起送我去医院的。你在半夜里赶来,摸着正在打着点滴的女儿苍白的脸,当着我的老师和同学的面,一向遗憾识字不多的你居然说:"乖宝宝,我们是女孩子,不用太勤奋,能认得几个字就可以啦……"

可那是谁啊?在女儿考上大学的那一年,开心得脸上笑开了花,非要请上所有的亲朋好友摆上几围,骄傲地向所有的来宾宣布:"我女儿是最棒的!她虽然是上大学,但我要像嫁女儿一样隆重的送她上学去!"

……

啊!母亲!

天空下起了雨,心,在如烟的往事里淅淅沥沥。

流年轮转,有多少往事已随风吹雨打去。但有一种爱,即使岁月老去,也从未稍离。有种思念,连同埋藏在心里的点点滴滴,早已深深地嵌入永恒里。

岁　月

你不知道，某些时刻，我多么难过。

——题记

喧嚣张扬的夏终于在阳光日渐慵懒的疲惫中安静，从稚嫩到墨绿，一季的沉积，秋变得丰盈厚实。风吹过，捎来深秋高亢清凉的气息。透过树叶的空隙，洒下来的阳光，如同每一寸走过的光阴，细碎而斑驳，在记忆的河床闪着幽蓝的光。静静地回首，那些喜怒哀乐的片断，结绳记事般，穿过时光的隧道，逶迤而来。

小时候，哮喘和咳嗽是我最忠实的伙伴。每个夜晚，当人们徜徉在梦乡的时候，哮喘和咳嗽陪伴着我，在黑夜里醒着。躺下会气喘得更厉害，我只能整晚整晚地坐在床上，在上一次哮喘和咳嗽结束下一次来临之前的空隙，打个盹。漫漫长夜，慈爱而坚强的母亲不得不合上疲惫的双眼，剩下一个懵懂未知的孩子无助地坐在空洞的黑夜里，一颗小小的心反复地祈祷下一次的哮喘和咳嗽能否迟一点到来时，黑夜便成了不安和恐惧的代名词。

"宝宝，好一点的话就躺下来睡一会吧？"多年之后，想起的仍是半梦半醒之间浮动在暗夜里的母亲心疼的话语。

父母不懈的求医问药虽令我的病稍有起色，却无从根治。上天也有不忍心的时候吧！读高一时突遇一场倾盆大雨，令多年的沉疴痊愈。我才知道，可以安然入睡再从梦中醒来，是多么幸福的一件事。每一个可以赖床的早上，看着亮光一点一点地从天地间弥漫开来，又或者有阳光如丝透过窗纱洒在窗台，安静地躺在床上，抱着被子，嘴角总露出笑意，别样的幸福和满足会从心底深处涌起。

只是从此惧怕黑夜，不敢单独一人走夜路。黑夜和病痛无关，但大部分童年和少年的痛苦时光都与黑夜做伴，黑夜便变得诡秘莫测。

读小学时，上学的路旁有一条小河，经常有人在狭窄处逆流放一个竹片织的篓拦截上游下来的鱼虾，好奇的我有一天趁篓的主人不在，偷偷地伸手进去想看看里面有什么？却从里面抓出来一条水蛇，从此患上恐蛇症。每每做梦不是有蛇追赶就是有蛇缠绕，总是在提醒自己"不怕的，我们住楼上，蛇爬不了那么高的"的挣扎中醒来，冷汗淋漓。

母亲宠我疼我犹恐不及，是舍不得打我的。父亲在我七岁的那年冬天拿一根小鞭子打了我。那天大雨滂沱，我在屋外的水洼中玩水不肯回家以至满身被淋透，父亲生气我不爱惜那从小就病怏怏的身体，最后，我却用离家出走来换取父亲的悔意。

远了，一切。

我曾经高大强壮的父亲，拄着拐杖，一步一挪，走过小区那条宽敞而笔直的百米大道，竟然用了20分钟。抬起头，天上依旧蓝天白云，阳光明媚温暖，轻扶着这位孱弱的老人，我仰着头，茫然看着天空，抑制那股突然想流泪的冲动。别人用几分钟就可以走完的路程,现在的父亲只能用步履蹒跚,来丈量余下的岁月。

父亲,老了。

而母亲,已经离开,很久,很久。

有些东西,虽然从未提起,却一直未曾忘记。走过的岁月,有快乐,有悲伤,有心碎,有恐惧,一一地烙在记忆的深处,任凭时光冲洗,却越来越清晰。

所幸的是,母亲从未知道那些深深浅浅的记忆在女儿的心中留下过怎样的印记,也就不用担心女儿的脆弱和恐惧。对于父亲,我是他今生唯一的依靠,正如当初他给了我依傍一样,在衰老而孱弱的他面前,我正如他所希望的,坚强而有力……

轮 回

母 亲

18岁，花样年华，母亲嫁给素未谋面的父亲。

当那顶一路颠簸摇晃着的花轿停在一座偌大的祖屋前，走出如花似玉的母亲时，挑剔的地主婆奶奶也微微颔首。后来漫长的一段时光，母亲唯一的妯娌我的婶子接二连三地为奶奶添孙子，母亲的肚子却毫无动静，母亲的容貌便成了奶奶攻击的目标。奶奶的目光只要扫描到母亲，便像一把匕首直插母亲那不争气的肚子，接着怨毒的话便像子弹一样从奶奶薄薄的嘴唇一字一字地弹出来："光长好看有什么用？一只不会下蛋的母鸡！"

阴冷的大宅没有给母亲带来家的温暖，母亲开始了漫长的求医问药的征途。

20年，母亲喝药的药渣已经堆成一座小山，母亲的泪水也流成了一条河。

滴水穿石的虔诚感动了上苍。20年后，一个寒冷的凌晨，医生锋利的手术刀从母亲的肚皮上划过，这个世界多了一个粉嫩的女婴。小山一样的药渣堆里奇迹般地长出了一棵怯生生的弱苗。母亲认为，这个奇迹是上天的恩赐。

童 年

这个世界真的有轮回吧！母亲用药烘焙出幼苗的结果，是这棵幼苗和药结下了不解之缘。

所以，童年的记忆只有黑和白两种颜色。

黑的是苦苦的药汁。总是父亲用强有力的左臂紧箍住我试图挣扎的瘦小孱弱的身子，右手的食指和无名指迅速地捏住我的鼻子，母亲极快地把一小汤匙药倒进我无法喘气的口中，一下，又一下。每当这个时候，我瞪着的双眼在流泪的刹那，看到的永远是母亲含泪的眼睛。

白的是医院，是医院病床上的白被子白床单，是医生和护士的白色大褂，是针管和吊瓶，是整个童年时代令人战栗的色彩。

以致长大后，一直不喜欢白色，却对黑色有深深的眷恋。原来，白里有太多的冰冷和恐惧；而黑色，却是父母坚定且厚实的爱。

哥 哥

母亲一直得不到奶奶的疼爱，而我又偏偏是女孩，所以，从来没有过像堂哥哥们在奶奶怀里撒娇的荣宠记忆。

父母上班时，只得把我一个人放在家里。为了防止我从床上掉下来，床上总堆着很高的一圈被子，而我，总对四平米狭小空间外的世界充满了好奇。每当母亲偷空回来，看到的总是摔得青一块紫一块甚至哭累了躺在地上睡着的我。

等到可以和小朋友玩时，看到别的小女孩被人欺负，总有哥哥挺身而出保护妹妹，就以为哥哥是在妹妹被欺负时就会出现，总傻傻地想什么时候也轮到自己？以至于后来竟忍无可忍地问母亲："你什么时候生个哥哥出来给我？"

和我一样没有兄弟姐妹无处依赖的母亲，应该懂得我内心的渴望和哀求吧？我那句无心无肺的话，不知道给在艰难岁月度日的母亲添加过怎样的哀伤？

读中学时看得最多的是三浦友和、山口百惠主演的电视剧。喜欢山口百惠忧伤的眼神，被三浦友和深沉的爱所感动。从此哥哥的形象便被定格在脑海。幻想着有朝一日有一个三浦友和式的哥哥也如此深沉地爱自己。

以至于读大学有男生向自己表明心迹时，傻傻地问人家："那你做我的哥哥好吗？"

故 乡

说到故乡，记得周作人先生有过这样一段文字："我的故乡不止一个，凡我住过的地方都是故乡。故乡对于我并没有特别的情分，只因钓于斯游于斯的关系，朝夕会面，遂成相识……"

或许是吧，人海中的随波逐流，浮萍般的辗转迁徙，一处又一处的心酸，一处又一处的风景。总让人生出很多的决绝淡漠，少了很多的缠绵留恋。

于我，故乡和母亲是连在一起的。无论我怎样漂泊，母亲是我心中永恒的根，即使遥远的故乡在清冷的冬夜瘦成了一轮弯月，母爱的光辉也会穿越时空而来，温暖着我在他乡的清梦。

于是，即使母亲去了天国，带走了我心中的家，我依然常常在梦里自由行走，常常行走在和母亲相依相偎了20年的老屋。那里有母亲深深的气息，那里有我不曾褪色的幸福记忆。原来不管我身在何处，我的魂早已生根。在那里，没有时空的距离，我的灵魂和母亲的灵魂可以相遇，不会分离。

　　真的很想很想，生生世世做母女。只是希望母亲，不用再经历今生的苦和痛；只是希望来世，我做母亲，你是女儿，让我疼你……

天　堂

有些梦，总以为可以一直做下去；有些爱，太多索取而不懂珍惜；有些幸福，总是失去之后才觉醒，却已经没有归期。

——题记

又回到故乡那间老屋。打开房间的门，有小雨从头顶飘下，抬头看，屋顶不知何时开了一个大窟窿。父亲慌忙地收拾着衣服，面部浮肿脸色蜡黄的母亲蜷缩在床角。父亲低声说，母亲时日不多了。我嚎哭中醒来，梦中泪痕未干。

母亲走了很久了。每当伤心时，我仍会做着母亲或生病或去世的梦。梦中，仍能真切地感受到母亲鲜活的气息能触摸到母亲慈爱的面容。与母亲生息相关的那间老屋，那间和母亲相依相偎多年的装满我童年记忆的房子，一直是我的灵魂皈依之所。即使走得再久离得再远，它仍然是我对故乡最遥远的想念对母亲最原始的依恋。

原来梦真的有预兆。堂哥打电话给我，告诉我老屋被烧通顶了，只剩下断桓残瓦，一片狼藉。我的血液在那一刹那突然凝固。

那间药香满屋伴随我长大老态龙钟的房子,那间我看着那条长长的裂缝每当刮风下雨就心惊胆战让我产生最原始的恐惧最早失去安全感的房子,那间每当父母上班把门一锁就任由我或站或卧或哭或闹或摔跤等母亲回家煮好饭虚弱的我已经累倒在自己的梦乡里的房子,那间历经几十年的风雨屹立在我的脑海里承载着故乡的大部分记忆我魂牵梦萦却常常噩梦横生的老屋,从这个世界上,永远地消失了……

人的一生,是不是也在风雨不断的溶蚀中,在不断地得到和不断地失去里轮回的?这让我想到蒲公英,匍匐在地上,收获着阳光雨露,开花结果,然后看着自己身上一个一个的绒球脱离母体,却奈何不了风的吹送。就像人,从一个亲人到一间老屋,从失去一个亲人的悲伤,到其他亲人朋友爱人的远离,眼睁睁地,看着亲情友情爱情随着一个一个鲜活的面容飘远,无法阻止,也无处努力。

人,都赤条条地来,最后,不带一丝一毫离开。

或短或长的一生里,路过的每一处风景,面对的每一个微笑,收获的每一次感动,铭刻于心的每一寸记忆,最终都会随风散去,无影无踪。

只是,我所有有关母亲、故乡的梦,都固执地和老屋缠绕在一起。老屋是我的梦魂之所,是我对母亲对老家对故乡依恋的唯一的根。

如果我的梦注定飘零,何处是它的皈依之所?

抬头仰望那个目光无法企及的地方,想象着老屋正和母亲一起,俯身朝我凝望,我看到了梦的去处,那个地方叫天堂。

《找天堂》那首歌,从心尖上飘出来:

　　我在天堂向你俯身凝望

就像你凝望我一样略带忧伤
我在九泉抬头向你仰望
就像你站在旷野上一样
仰望你曾经圣洁的理想
总有一天我会回来
带回满身木棉和紫荆的清香
带回我们闪闪亮亮的时光
然后告诉你
我已找到天堂

归　人

（一）

还好吗？我的故乡。

你在我的呼唤中在我流泪的梦中依旧静默不语，一如母亲含泪的回眸和背后的山岚那静静流淌的月色。

放飞的梦想千回百转，离开的岁月步履维艰。五彩斑斓的世界里有哽咽有辛酸有痛苦有快乐，我在万千变化的节奏中成长，而你，在静默的守候中逐渐沧桑。

母亲的倚门顾盼燃烧过多少归心似箭，温暖的家厚重的爱几度忘返流连。故乡的山水清澈透亮，故乡的土地原始芬芬。我热恋着故乡的一切，梦里总是十里洋场，稻穗飘香。

母亲是我一辈子的风向标，她的离去让我找不到去向。我不信教却学会了祈祷。狂奔在午夜，我的灵魂，找不到路向。我心中汹涌的泪，总比不上耳边狂躁的风，来得高昂。故乡的一山一水一草一木再也不敢触碰，母亲的一颦一笑一嗔一怒只剩感伤。

原来，爱某个人，才会热恋某一个地方。故乡，因为母亲的离开，从此没有期盼和遥望，没有等待和不舍，只剩迷茫和哀伤。故乡的月，清冷冰凉。

从此，我的故乡，我不再是归人，只是过客。

只是，匆匆来，匆匆往。

（二）

我还是回来了，母亲。

多少次的梦中相见，才成就一次的匆忙回归。故乡山水依旧，门扉已老。慈爱的母亲，翘首远眺、倚门顾盼的您，在哪？

我只能，绕过那个记忆中亲切的家门口，翻过杂草丛生之地，寻找那个离你最近的地方，跪倒在您的坟前，模拟一次最亲近的相见，假装阴阳不相隔，假想那块石碑就是您宠爱的怀抱，依旧温暖缠绵。

只是不想你思念我太久，只为你见我一面（只为我见你一面）。

同学情朋友情依旧。一轮一轮的盛情邀请，一拨一拨的同学相见。杯盏交错之下，欢声笑语之中，我们忆起共同成长的岁月中所有的欢笑和困窘，遥望岁月流逝中依稀纯真的笑容。

亲情依旧。依然是作客。依旧是客气亲切的寒暄，依旧是不远不近的关怀，依旧是匆忙怀旧的热闹，依旧是和煦温馨的感动。

美味依旧。吃在广州，这么大的名气下冠以的自然是堂皇且霸气的气势。不算吃遍美食，却对吃也稍有麻痹。故乡之行，一煲汤，一碗糖水，一碟小食，依旧是多少年也不会变的故乡风味，堆砌起成长岁月中的点点滴滴。那些让我含泪却今生难忘的记忆。

　　是的，这里有我成长的足迹，只是，我终究要别离。

　　只因，我不是归人，我已经无法回去……

可是，我想你

> 二十年生死两茫茫，人间天上。锦书无处寄，唯有泪千行。
>
> ——题记

你飘然而来，站在我的床前，我却看不到你的脸。惊慌失措中，我歇斯底里地喊叫，终于醒来。突然醒悟，那是您。母亲，您肯定是看到了我睡前的泪水，听到了我内心的召唤。您来了。

今天高朋满座，鲜花和蛋糕，欢笑和祝福，感谢朋友们风雨不改，一路相伴。可是，这个特殊的日子，我最想的是您。您给了我整个世界，这个世界却早已没有了你。

您用您的前半生，非人的坚毅和虔诚孕育了我。20多年的求医问药，20多年的备受闲言冷眼，您用您的艰辛和泪水，您的坚持和虔诚孕育我，而我，用我不谙世事的固执，依偎着你温暖的腹腔，试图用您温暖的母体作盾，躲避尘世的风霜雪剑。开膛破肚，生命最终以血淋淋的方式赤诚相见。时光如潮水节节败退后，我能想见，那一刻，在那个寒冷的冬夜，当您卸下坚强的伪装，您那张缺乏营养的毫无血色的脸，以怎样的柔弱和疲惫告诉我，生命于你于我，是多么的沉重。

因此，从懂事那天起，生日就被我看作很私人的事。我坚定地认为，您的受难日我的生日不仅仅是我们在人世间母女情缘的开始，它更是你20多年受苦受难的印记。这个隆重的日子，烙在我心底，是不可与人分享的秘密，从此我们相依为命，彼此珍惜。我固执地用我很小很小的心灵去理解生命里的辛酸和泪水，艰辛和沉重，敏感到不肯让人触碰。当别人兴高采烈地庆祝生日时，我却满足于我们一家三口甚至只是和您在一起，守着这个属于我们俩的秘密。

您离开了20年。20年，没有您的岁月漫长得没有尽头。生命中多少沟沟坎坎，跌跌撞撞中我总会抬起头，遥望苍穹的某一处，对您诉说，我知道，您在那里看着我。

这个世界，最溺宠最疼爱我的是您，最希望给我遮风挡雨的是您，最希望看到我快乐幸福的还是您。您在世的时候我安然地享受着您给的那份荣宠，那份溺爱，我以为你会一直在，从来没有想过我也有责任让您足够放心给您足够安慰。现在，我唯一能做的让您安心的就是，健康、快乐地生活，好好爱自己，放开怀抱，从分享快乐开始，接受来自亲人和朋友的爱和祝福。

可是，不管身边有多少欢声笑语，在这个特殊的日子里，在每一个或快乐或悲伤的日子里，我最想的，仍旧，是您……

大爱无边

世间上有一种爱,叫大爱无边。

今天看了两篇文章,令人扼腕之余,不由得深深感触。

一个故事发生在冰天雪地的北极:一个小绒鸭出生了,天寒地冻,小鸭没有温暖柔软的鸟窝,就很容易被冻伤或冻死,母鸭用嘴把自己身上的羽毛一根一根地拔下来,给自己的小鸭做窝。当最后一根羽毛拔下来时,母鸭已经血肉模糊。身体虚弱的它,用自己的生命完成了助儿成长的壮举。小绒鸭在温暖无比的鸟窝里长大了,身上裹的却是浸满母亲鲜血的羽毛。

另一个故事是:身材姿色动人的她,30岁那年失去了丈夫,为了4个儿子和女儿,没有再嫁,千辛万苦地熬了40年,儿女相继成家,自己却成了子女的负累。终于有一天,儿子把他带到闹市中央,便悄悄走了,她成了无家可归之人。记者问她:儿女孝顺吗?她说:孝顺,他们怕我寂寞,带我来闹市逛。记者再问:那为什么不回家?这个40年一直为子女而活,历尽艰辛、风烛残年的母亲,对子女的忤逆没有任何的愤怒和怨恨,答:记不得路了。

大自然的气候和环境的严峻赋予了动物精神上的美，这种对子女的无私奉献和牺牲，自然界和人类一脉相通。记得看唐山大地震的纪实时看到被压在倒塌的楼底下的一对母子，母亲为了把生存的机会让给儿子，咬破自己的手指，让儿子吸自己身上的血延续生命。儿子最后被救了出来，母亲却被吸干了最后一滴血，永远地离开了尘世。我总是被这样的一个一个真实的故事感动，在流泪的同时，拿来和同事、朋友分享，我得到来自母亲的答案无一例外是：如果是我，我也会。

是的，如果在世间要找出一种最浓最深最大最重的爱，那就是母爱。当一颗种子被播种在母胎里开始，这种母子血肉相连的感觉就是一生一世。有爱就有痛。当子女因为先天不能成人过早夭折时，当子女迫于后天疾病无法医治时，当子女叛逆不服管教教育方法用尽不得不举起鞭子时，所有的爱都转化成为痛。这是最深层最深沉的痛。在母亲的心目中，儿女的成长是她一生的功课。不计辛酸，不问委屈，不在乎得失。在坚定不移中呕心沥血，将幼苗浇灌成大树；在岁月流逝中青丝变白发，无怨无悔。一个母亲照顾先天低能儿子一粥一饭几十年，老年得了严重的老年痴呆症，临终前，谁也记不得，离开世间最后的一句话是：儿子，吃饭……在这个世界上，把什么都想到，唯独把自己忘了的，就是母亲。

人生无非是在赐予与被赐予的轮回中度过。然而岁月流逝，道德沦丧，轮回断裂。在母亲含辛茹苦中长大的子女，当冷漠地视母亲如陌路人时，当无情地举起拳头挥向年迈的母亲时，当残酷地遗弃母亲于闹市中时，可曾想过自然界尚有羔羊跪乳之恩，乌鸦反哺之义？当同样的遭遇轮回到自己的身上时，可会有一丝反省，一点愧疚和忏悔？

"烛炬成灰泪始干"是母爱最好的写照。世间上有一种渗透到血液，深入到骨髓的爱，有一种一生一世不离不弃爱到尽头无怨悔的爱，这种爱，叫大爱无边。

二、轮　　回

　　从此，纵使我把万里浮云一眼看开，也无法放下你。只因，今生我们是母子。

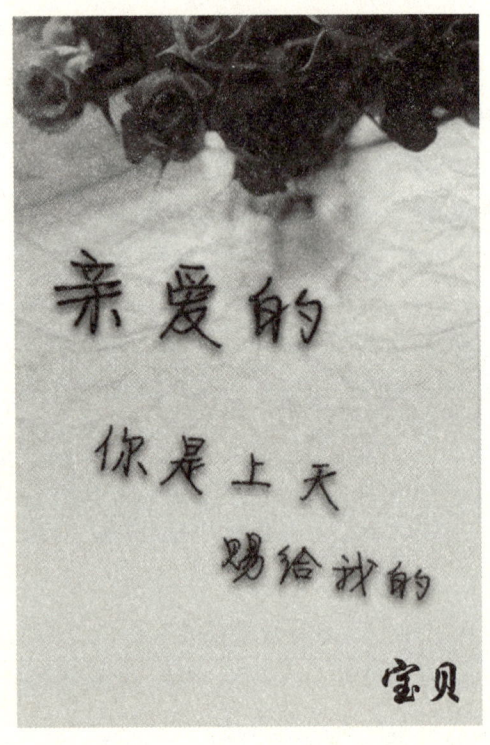

注　　定

　　儿子，你刚来时，妈妈还没有从痛失你外婆的悲伤中缓过气来，差一点，我们就擦肩而过。
　　你外婆是妈妈的精神支柱，是妈妈心中永恒的根。外婆的去世，让妈妈觉得爱的世界轰然倒塌，从此再没人疼爱了。我在外婆用爱编织的世界里寻找所有外婆没有离去的痕迹。用一个再也无处寻找母亲的孩子的悲伤和恐惧，丈量天国和人间的距离。在心理上，我还是一个需要人疼的孩子。所以你来，并没有得到应有的礼待、欣喜和感激。那天下午我拖地见红，你没有奶奶，也没了外婆，没人教我怎样做，我在不懂中不以为意。我照常上班。一个星期后，你那些干妈们知道，骂着要我住进了医院，才保住了你。怀你五十天，我开始了严重的妊娠反应，吃不了饭，喝不了汤，闻不得饭菜香，一天呕吐无数次。你的营养供给，靠的完全是住院打点滴。记得有一次，天刚亮，呕吐声又从病房响起，那个值夜班的大肚子护士，已过了妊娠反应期，却因我的呕吐条件反射，满脸怒气地走过来，对我说：求你了！你忍一下好不好？你一天到晚这样，我都受不了啦！我何尝不想忍？可只要喝一口水下去，就不可抑制，即使胃已没有东西，也干呕不止。我动了多少次念头：不要你。实在忍无可忍时，我甚至用拳头打过自己的肚子！打你，你却若无其事（实在对不起啊！儿子）。那段日子，对你一贯娇气的妈妈来说，是多么的难熬，多么的不容易！

　　四个月后，妊娠反应停止。为了补回你缺乏的营养，我拼命地吃东西。你没有怪我对你发脾气，过了生产日期两个星期，你仍依恋温暖的母体，赖着不肯出去。当我躺在手术台上，麻药还没完全起作用，感觉那冰冷而锋利的手术刀从我的肚子上划过时，平时就见不得血忍不了痛的我，用双手死死地抓住手术台两边的铁杆，屏住气，眼睛瞪着天花板，一动也不敢动，徒劳而无助地抵抗着那种刀血相向的恐惧。我觉得我的呼吸已停止，痛令我窒息；只听到心脏剧烈跳动的声音，恍惚心脏要跳出胸膛，思维和意识已逃离躯体，躲到某个黑暗的角落，毫无声息。那是怎样的一种痛楚和感觉啊，这辈子都不可能忘记！意识迷离中，仿佛过了几个世纪，你用一声响亮的啼哭，向这个世界宣告了你的来临。我的泪水也汹涌而至，不可抑制。当医生叫我猜，你是女儿还是儿子时，我只关心你五官是否端正？四肢是否健全？当知道你一切正常后，我心中的石头落了地。管他是女儿还是儿子！

　　然后，我们一起大哭。儿子，你哭，是因为你对这个陌生的世界懵懂不知；你哭，是因为你不知道这个世界将给你怎样的磨炼，会有怎样的风雨等着你。我哭，是难熬的煎熬已结束？是漫长的等待有结果？是觉得受了太久的委屈？总之，那一刻，我只想用泪水淹没我的思想，宣泄我的情绪。

　　你慢慢地长大。你很有个性，倔强而富破坏力。当所有的劝告、说理、惩罚都失效，当我原谅你一百次，你仍一百零一次犯同样的错时，我无奈地举起了鞭子。当我抚摸着你身上的鞭痕，流着泪问你是否恨妈妈时，你睁着一双大眼睛，非常诧异地反问:"是因为我做错,你才打我,为什么要恨你?"

啊!儿子!有句话说得好啊,不是冤家不成母子。往事已矣。今后不管你做错,还是妈妈做错,我们都要彼此谅解,要相互珍惜。因为,上天早已注定,今生我们做母子!

收　　获

儿子很小的时候,像大多数的小孩一样,喜欢逛街,看外面的人来人往,车水马龙;看外面的花黄柳绿,姹紫嫣红。

有一天和他逛街,路边有一位上了年纪的老爷爷半跪在地上,面前放了一只大而缺角的碗。儿子好奇地问:"妈妈,那老爷爷在干什么?"我说:"那老爷爷在乞讨。""乞讨是什么?"儿子不解。"就是等路人走过,往碗里扔一些钱,老爷爷才有饭吃。"我说。"外公和老爷爷一样老,为什么不乞讨?"儿子的小脑袋总有很多问题。"外公有妈妈照顾,不用担心吃饭的问题",我干脆一下子告诉他:"还有你爷爷,有你大伯他们照顾,我和你爸爸定期寄钱回去,他也不用担心吃饭的问题"。"那老爷爷没人照顾他吗?"儿子继续问。"或者吧?!这世上有很多可怜的人,饭都吃不饱呢!"我说。"你要不要给点钱老爷爷买面包呢?"我问儿子。看着儿子睁着大而清澈的眼睛,非常肯定地点了点头,我从钱包里拿出一些零钱交给了他。他开心地一颠一颠地跑过去,蹲下,小手轻轻地把钱放到碗里。

从此以后，每次看见和他爷爷、外公差不多年纪的爷爷奶奶乞讨，他都会向我要零钱；有时他自己在回校或放学的路上，只要他口袋有钱，他都会放到那些乞讨的爷爷奶奶的碗里。我想：儿子的行为或许成了下意识的习惯了吧?!

直至今天早上，我对儿子的这一行为有了新的看法。

今天早上，和儿子打完乒乓球，准备顺路去买菜，看见邻居拿着一把刀急冲冲地迎面走来，邻居生意做得不错，我开玩笑说："发生了什么事？不是年底追债要拿着刀去吧？"邻居指着路边说拿去磨。只见路边有一位年纪很大，胡子、眉毛都白了，还掉了几颗门牙的老爷爷在磨刀，每磨一把收两块钱。儿子问："妈妈，我们家的刀要磨吗？"由于楼盘大，家里离路边尚远，加上时间不早，要买菜，我对儿子说："不磨了，其实即使爷爷磨得再锋利，隔一段时间刀还是会钝，还是得磨，没有一劳永逸的办法。"儿子推着他的自行车，跟着我，默默地走了几步，犹豫了一下，看着我说："妈妈，我想拿刀来磨。"我看了他一眼，还没来得及否决，他急接着说："你不觉得爷爷很勤劳吗？"我不知他葫芦里想卖什么药，继续往前走。他见我没出声，接着再说："这种年纪的爷爷很多都只是在街边乞讨，而他，背着那么重的工具走街串巷的磨刀，他那么勤劳，我觉得我们应该支持他。"我心里一动，停下来，伸手出去，搂紧他的肩膀，说："对！我们应该用行动去支持他！"儿子为他的努力奏效了而高兴，而我，却被儿子感动。立即拿出五块钱交给他，告诉他两把刀要怎样拿。看着他骑着自行车飞奔而去，我心里软软的，涌动起一股暖流。

有位名人说得好：你想收获什么，你就得播种什么。

是的，儿子，我知道：我们在你小时候播种的那棵爱的种子，已经在你的心田扎根、发芽，总有一天，它会长成参天大树的！我相信！

贺　礼

我在"文化大革命"期间出生，当时全国上下一片狂热和混乱，到处忙着割资本主义尾巴，忙着文争武斗，忙着斗资批修，大家惶惶不可终日。没人顾得上我们这些小不点，所以儿童节，在我们的记忆中，没多少可爱的印象和美好的回忆。

儿子这代人，比我们幸福多了。过儿童节，即使父母和小孩都忘记，商家也不会那么轻易地放过一个发财的好机会。每年"六一"还没到，各种生意造势就大张旗鼓地蜂拥而至，唯恐你不过好你子女的某个节日，会造成你终身遗憾一样。所以每次，在这种被渲染的气氛中，除小学每年有的校内游园活动，发一大堆的小食品给他们外，儿子都有自己过节的计划，也不外乎是要买什么玩具，吃他喜欢的麦当劳还是肯德基等。

后天是"六一"了，儿子对我说：妈妈，我想和你说个事。今天儿子的神情有点特别，他每次提要求时基本上都是这个表情，脸上有点难色，侧着头，先咧一下嘴，不自觉地让人看到他那两颗大门牙，我马上想到儿子要说怎样过"六一"

了。可他问的是:"妈妈,你说过你们那时没怎么过儿童节?"我答是,他再问:"那是不是外公外婆也没送你礼物?"我说:"是呀!那时一个月没两次肉吃,能吃饱饭就不错了,哪里还有礼物?"儿子的神情变得神秘起来,说:"那这个儿童节,我送你一样礼物。"我觉得奇怪,我过生日,过母亲节,儿子是会送我礼物的,可"六一",明明是他的节日呀!这不是倒过来了么?可还是不动声色地问他送我什么礼物。儿子的脸上有掩不住的喜悦,说是一个好消息。我被儿子的神情感染,微笑着问他:"什么好消息?"他说:"全国小学生英语竞赛我拿了一等奖。预赛后全区有300多学生参加决赛,我的分数排第四。"儿子的各科成绩一直都不错,上学期期末考试还分别拿过语文、数学、英语单科和三科总分的年级第一,可参加竞赛这是他最好的成绩。真是一个好消息!真是一件好礼物!

做母亲的,有什么会比看到自己的儿子成长进步更开心的呢?!

我做了一个夸张的"哗"的表情,赞许地看着他,伸出手臂,大声说:"儿子!你真棒!过来!给妈妈抱抱!"儿子从小就是不爱表现不爱张扬的性格(这种性格其实不符合现代营销学),却有一颗向上的心。他的脸上闪过一丝沮丧,说:"有什么棒?拿不到第一。"

中国目前的考试制度、教育制度、升学制度不完善,害苦了学生和老师,很多学生和老师都有心理问题,多少人出来工作多年还做着重复的考试没考好的噩梦!我觉得必须好好开导儿子,不应该让"拿不到第一"成为他的心结和负累。我走上前,抱住他,对他说:"儿子,谢谢你!这是我收到的最好的节日礼物!第一只能有一个,这么多人参赛,拿第四已经非常不错,你做了很多准备,努力过,尽力了,这就行了。"儿子脸上的沮丧慢慢消失,我的心也渐渐释然。

早过了为自己庆祝"六一"儿童节的年龄，我却在儿子的节日里，收到了今生最特别的礼物！这个礼物是金钱无法买到也无法衡量的，它是儿子上进努力的标志和结果。这是儿子送给妈妈的最好的节日贺礼！

咖啡的滋味

儿子放假了。我在一轮年终的昏天黑地的忙碌完之后，也进入休假状态。和儿子并肩走在街上，有一种解脱后的超然。

儿子发现街上新开了一家"角落咖啡"馆，并被它的"吉列猪扒"吸引。说也奇怪，从他小时候第一次吃"吉列猪扒"开始，他就认定了它。当我们落座在咖啡厅时，新装修的气味和通风不好的憋闷令我有点头晕。

落座在巨大的落地玻璃窗旁的沙发上，旁边深栗色的仿古西式座地大钟有滴水在响，外国古典音乐流苏般蔓延。看着窗外高大的榕树在蒙蒙细雨中舒展着或黄或绿的叶子，清新扑面而来，不禁有一种远离尘嚣的幻觉。手中加了奶的咖啡在热气中升腾着它的浓香。我却在这突然的悠闲中微微失落。是那种气球被膨胀到极致后爆炸，找不回自己的感觉。儿子在对面或坐或站，非常好心情地享用着他的午餐，是被他喜欢的猪扒吸引还是被不同于中餐的繁杂程序愉悦？我莞然一笑。却想有人分担自己的感觉。我说："儿子，妈妈突然有种失落的感觉。"儿子在把面包切开，把牛油抹上去后，又忙着切他的猪扒，头也没抬，问："为什么？"我说："每次放假，紧张的忙碌之后变得空闲，我就会有一种无处寄托的感觉；而开学之后进入新一轮的忙碌，我又会无端烦躁，每次都一样。可能是不适应改变的缘故吧！"儿子切完了猪扒，又在忙着用雪碧和柠檬水调配一种新饮料，顿了一下，看了我一眼，说："你又不是第一次干这工作，干了那么多年，还没形成习惯吗？"我不禁愕然。

是呀！儿子。你从上幼儿园连小背包都不愿拿，到习惯小学书包的沉重；你在小学二年级就发出："现在就这么多作业，再大些怎么办？"的感慨，到现在埋身于作业堆题海中而浑然不觉；你从开始时校长在上面开散学典礼你在下面嬉笑玩闹、懵懂不知（由此放假后你被罚回校上了三天的纪律加强课），到现在的正襟危坐；你从幼儿园就反驳老师说的"听话的孩子就是聪明的孩子"到现在的拿老师的话当戒律；你从发出"学习有什么乐趣？"的质疑到现在的语文、数学、英语各科和总成绩的年级第一，年年"三好"……儿子，在你成长的过程中，我用太多的规范要求你（这些规范不是我定的，你不遵从就要碰壁），要你修正你的行为，就犹如园艺师把自然生长的树苗修剪得符合别人审美眼光的盆栽一样。你养成了很多很多的习惯。你不负众望地在大家的眼中变得优秀起来。我却不知道你是否快乐于这种优秀？我也不知道这些习惯是否可以让你将来多些坦途、少些无奈和痛楚？

而我——你的妈妈，乐于盘桓于高朋满座、谈笑风生之间，却不忍杯盘狼藉、孤清满地；愉悦花开月圆之中，却为花落月缺伤感；满足亲人团聚欢庆情浓之时，却无法自拔痛失亲人的悲痛之中。那么多年，为什么就没形成习惯？

杯中的咖啡渐凉。这么多年，我乐于享受品味咖啡的环境，却无法习惯咖啡原有的苦涩，总要加奶、加糖，正如不习惯人生的凄清冷漠一样。

其实，这种不习惯，不也是一种习惯么？

长　　大

　　仿佛一瞬间，儿子便长大了。
　　那个每天下午在幼儿园传达室留守等候我去接，突然某一天说妈妈我在传达室认识了一个小三班的女孩子，比我们班的小晴还漂亮的可爱小男孩；
　　那个读小学二年级时无比苦恼地说妈妈我这么小就这么多作业长大了怎么办的烦恼小男生；
　　那个读三年级时突然神秘且吞吞吐吐地说妈妈我告诉你一件事不过你不要笑，然后说我们班每一个男孩都喜欢好几个女孩，我忍住笑反问他说他只喜欢一个女生的羞涩小男孩；
　　那个谨记不要和陌生人说话三年级开始放学后独自一人走过那条狭窄小巷走过天桥回单位找我随时在路上拣起一根树枝或者一条竹鞭到处伤花虐草的粗鲁男生；
　　突然间，长大了。
　　记得六年级暑假的某一天，儿子突然说：妈妈，我想回黄埔找同学玩。我一下子愣住了，没反应过来。那个从小就缠着我，我到哪就跟到哪亦步亦趋的儿子，那个无论我一个人独处还是和朋友吃饭、喝茶、聊天、逛街，像我的影子一样甩也甩不掉的儿子，那个除了我上班他上学其他时间别人看到我看不到他循例会问夫儿呢的儿子，要离开我了。

先涌动起来的是不放心。当时地铁五号线还没开通，从家里到车站要走一段很长的路，还要到马路对面才能坐到车。虽然之前带他坐过，但车来车往，我试图用下次再带你去和你自己没出过远门你自己去妈妈不放心之类的话阻止他，但他的眼神告诉我：开弓没有回头箭。

再涌动起来的是伤心。我心里一个声音一个劲地说："他要离开我了""他要离开我了"。平时把我的空间掠夺到所剩无几，惹得我厌烦时巴不得像甩鼻涕一样把他甩掉的儿子，突然对我宣布他对我的地盘再无兴趣，他要对外扩张他的势力范围的时候，我的心里除了不舍，还有不甘。而这不舍和不甘，在他义无反顾地走出家门，那扇木门之后再是铁门无情合拢的瞬间，我的眼泪夺眶而出。在那样一个阳光灿烂的下午，在那个少年怀揣着一颗忐忑且雀跃的心，像一个出笼的小鸟飞向他所渴望的无比美好的世界的同时，他那貌似强大的母亲，一下子软弱无比，泪流满面。

之后儿子以优异的成绩考进了重点中学的初中重点班。他开始不再在意我的脸部表情和肢体语言，不会再在我下意识地皱眉头时说妈妈你不要不开心，更加不会适时地用他的小胳膊抱抱我送上一个宽慰的吻，送过来一个依偎的小头颅。有时我伸出手要触摸或者想拥抱他也被他略显强硬地阻隔开。他会因为一些小小的不愉快和我冷战好几天不和我说话，也会在我发怒对着他吼时挺着小胸脯梗着脖子鼓着腮帮握着两个小拳头夹紧他的身体抑制他的愤怒。他的整个初中阶段，是我心里最难受心情最压抑的时候，尽管他的学习成绩还不错，但我不知道他像小蛮牛一样倔强的日子何时尽头。

初中升高中的考试考砸，曾经拿过年级第一的他在所有人期许的目光中毫无心理准备地掉到了第二志愿。和他希望去的那些带着光环和历史荣耀的名校相比，当我和他站在区重点高中那所略显破旧的学校体育馆的二楼阳台上，顺着他的目光看着下面狭小的篮球场和杂草丛生的体育场时，我的眼泪一下子涌上了眼眶。我对他说：儿子，既然你来到了这里，证明这里最适合你。不要紧，高中三年，你只不过是借个地方读书，在哪里都一样，什么样的高中，都不是你最后的目的地。

　　我的声音里带着压制不住的哽咽，因为他的沉默，因为那么多年形成的难过，我比他更难过的习惯。

　　儿子高中住校，每个周末回家一次，在他仿佛是例行公事，而我，一个星期积聚起来的爱和思念，在两天里爆发。他从小挑食，不吃白米饭，学校食堂的饭菜很难适合他的口味。周末两天，从家里到市场的两点一线，脑海里储存的全是他喜欢吃的食物的信息。两天里我最高兴的事，就是把对他的爱变成他喜欢吃的食物，填满他的胃，填补五天来他因挑食而造成的空缺。雷打不动的两天二门不迈，朋友们嘲笑我以前是儿子的恋母情结变成了我现在的恋子情结。

　　夕阳西下，他和他的父亲相继走出大门，我做的第一件事就是扑向阳台，因为他要从阳台下经过，到对面那栋楼的地下车库。我的目光追随着他的背影，他背着他的大书包，里面有他带回来做作业的书还有些换洗的衣服，手上拿着装有牛奶、饼干和水果的袋子，挺着他那还没完全长成的不算宽厚的背，急急地走出我的视线。有时不甘心，我会对着他的背影叫一声"儿子！"，他无一例外地背对着我，挥一挥左手，继续往前走，头也不回。走过凉亭，走过金鱼池上面的桥，走到对面楼的转角，走出我的目光再也触摸不到的距离。

　　龙应台的《背影》有这样的一句话："我慢慢地、慢慢地了解到,所谓父女母子一场,只不过意味着,你和他的缘分就是今生今世不断地在目送他的背影渐行渐远。你站立在小路的这一端,看着他逐渐消失在小路转弯的地方,而且,他用背影默默告诉你:不必追。"

在成长的路上,有太多他感兴趣的东西他觉得必须关注,有太多他认为重要的东西需要他去探索,父母的心情,他无暇兼顾。不要紧,总有一天,他的心思不会再花费在五光十色却和他毫无关系的事物上面,他就会放慢脚步,回过头来。

我不能让他再经历我 24 岁就丧母的那种伤痛,以及,一辈子长长的遗憾。我会努力地健康地活着,等到他学会遵从内心的需要,懂得回眸时,只要他一回头,就能看到我。

儿子，我想对你说

儿子，我知道，成长的路上，每一个人，都不容许返航。

我也曾经是父母的孩子，那时，我从来不曾感悟过父母的内心。现在，我是你的母亲，当你慢慢长大，当你越走越远，我开始领略到我的父母内心曾经的悲凉。我为年少时的不懂事而深深懊悔，也为曾经对你那样的没有耐心甚至厌烦而深深自责。

人生最大的遗憾就是，你没法往回走，无法将所有丑陋的不够美好的东西重新规划、实施和完善，直至完美，毫无缺憾。

我的母亲，在我青春年华的时候离开，一直是我心中的最痛。这个世界，她是最关心最懂我的喜怒哀乐的人，我喜她喜，我悲她悲。我微不足道的点滴进步和成绩，都能在她的眼中找到欣喜和荣耀。这就是母亲。儿子，我不知道将来你会爱上怎样的一个女孩子，和你生活一辈子，可是我知道，这个世界，没有人能够代替我爱你。所以我真的很希望，可以尽量陪你久一些，走得远一些。或许你还不懂，这个世界上，最想分享你成功的喜悦最急切想分担你失意的痛苦的,就是你的母亲(当然还有父亲)。这种分享毫无私心,这种分担毫无怨言,这种急切深入骨髓。

很多人都走过同样的路,这条路你也在走。儿子,你现在是我们的孩子,而将来,你也会有自己的孩子。我的人生有过很多缺憾也有过很多遗憾,等我明白过来时已经无法填补。所以,我希望,儿子,你的人生没有缺憾,同时希望你,努力去做到,少遗憾不后悔。

儿子,世界上有很多路,也会有很多挫折。认准你自己要走的路,努力去走,挫折才会让你更加接近你要到达的高度。人生不会处处都是沼泽,挫折之后必有风景。记取属于自己人生的那一片风景,才能让你景由心生,淡然从容。

你一路走来,有很多关心你的人,有很多给予过你帮助的人。不管是锦上添花还是雪中送炭,这些人,都值得敬重。常怀感恩之心,懂得回眸和回馈,付出不求回报,快乐学会分享,你的人生才会更加丰厚和幸福。

下篇 朋友情

纵深岁月里,纵使时光流淌成河,你依然在源头之上,是我心中那位清丽脱俗聪慧过人的女子,白裙飘飘,不染纤尘,遗世独立。

四月芳菲尽,似是故人来

(尊贵友情系列:写给挚友桃)

四月芳菲尽

远远的,墙角边那颗榕树换上了新装,在对春天的向往里长满了幼嫩的芽。时光流动里,撑起一把巨大的嫩绿的伞,摇动着惑人的一树春光。春意料峭,一夜春风一夜雨,鹅黄铺满地。像是错过季节的想念,默默地,散落一地相思。

南方的春天,绵长的雨季。梅雨如粉似丝,飘飘洒洒,不知落向何地?又像无根的浮萍,悠悠荡荡,无处栖息。

阴沉沉的天空,低垂着灰色厚重的大幕。在天与地近距离的间隙中,时光凝固在惨淡的灰霾里,呼吸逐渐变得压抑。季节忘记了变换,曾经的蓝天白云、山峦青黛,退隐在季节的深深处,让人不知身在何处,何夕何年。

心情就像这毫无生气的灰色雨天,低沉阴郁。保持着一种沉默的姿势,或站或坐,或躺或卧。白天黑夜,像鬼魅般蜷曲在某一个角落,灵魂仓皇出逃。

无人知道,这个季节里,对母亲的想念是我无法痊愈的病,在幻想有在天之灵的寄望里,那块冰凉的石碑,如何代替那温暖疼爱的怀抱,承载我年年月月日积月累的哀思?

墓前菊黄草绿,四月的烟雨里,我看到的是芳菲满地……

似是故人来

我总想:你一定是上天派来凡间拯救我的心灵的天使,如若不是,为什么每次都在我心灵灰暗时翩然而至?

白裙飘飘,长发披肩,你穿越岁月姗姗而来,永远是我心中不食人间烟火的窈窕女子。

岁月渐老,遥远的电波传来你清脆不改的声音。时间退回十几年前,那段灰暗的日子,我们相识,然后相知。

高中时你是低我一届的师妹,大学在隔壁。各有各的人生轨道,各有各的际遇。毕业后你以中文系才女的身份前来我的单位报到,以嗔责的口吻责怪我曾经高昂着头,看不到一双敬慕的眸子。

你是唐诗宋词里浸润出来的灵气女子,我们在心灵的每一个或光亮或晦暗的角落相惜相依。我明白了你的每一个眼神,你熟知我的每一声叹息。

远嫁异地,忘记了是哪一天分离?你千方百计怂恿你先生,我绞尽脑汁想办法,要把你调到离我最近的城市,只为了能时时相见。可世事繁杂,谈何容易?

多年不见,心底牵挂依旧未改。双方的手机费依次已罄,才发现还有太多的话未说完。

时光之美,是以情意为经,以心灵相通为纬,穿越世事沧桑,让千山万水的你我,超越时空之隔,回到相见相识的最初。

急急地想与你相见，你说，要等到女儿考上广州的大学那一天。

突然想起电视剧里一句俗得不能再俗的台词：我等你长大。

儿子在一旁调侃说：两位十年前的窈窕淑女，再相见时，已经是两个老太婆。我哑然失笑。

华年，曾经那么美，像烟花，在深邃无垠的天空傲然开放，以绝美的姿态撕破夜的黑，一片绚烂，一方繁华。

弹指一瞬，若干年的时光宛若流沙，从指间悄然而过。

纵深岁月里，纵使时光流淌成河，你依然在源头之上，是我心中那位清丽脱俗聪慧过人的女子，白裙飘飘，不染纤尘，遗世独立。

你在远方还好吗

（尊贵友情系列：写给好友海）

半夜里醒来，信步走出阳台，茫茫夜色中，想起了千里之外的你，心里默念着：你在远方还好吗？

今天中午，又到了订饭的时间，我习惯性地叫了一声："小君，订饭吗？"办公室有一个转角，平时这个时候，高大帅气的小君会微笑着从转角那边走过来，今天看不到他的人，我从错愕中醒过来：小君上星期已经走了，回那遥遥的北国去了，回他的哈尔滨去了。

一年了，已经习惯了上班时间有他的日子。由于单位离家较远，中午只能凑合，在单位叫外卖吃。单位规定外卖只能送到门岗。这么久，已经习惯每天中午由他打电话订饭拿饭，习惯了就算他有饭局我做完事情回来饭也已经摆好在办公桌上，习惯了包括电脑启动不了的问题都由他代劳，习惯了我要打乒乓球、羽毛球时由他来陪练（小君身材高大，爱好打篮球），习惯了一有问题就叫"小君！"习惯了听他说："让我来吧！"一个大学毕业没几年离开北方到南方历练的年轻人,一个既有北方人的豪爽大方、淳朴,又有南方人的细致、体贴关怀的小伙子,我已经习惯了和他在一起依赖他的亲人般的感觉。曾经不止一次当着办公室同事的面开玩笑说:"小君,要是我年轻十岁,我一定要嫁给你!"那天上级部门下发了一个通知,由于人员超编,要解聘临聘人员,小君在此之列。曾经开玩笑时说过:"小君,哪天你走了,我就没饭吃了,怎么办?"这一天真的来了。天下真的没有不散之筵席。临走,他请同事吃饭,大家依依惜别。为了感谢他一年来的照顾,他临走的前一天,我回请他吃饭为他饯行。我知道:人与人之间的缘分冥冥之中早有注定。缘来无影,不经意之间,一个眼神,一个动作,一声问候,一个微笑,就注入了心里;去却有踪,总会在心灵的某个角落留下一些深深浅浅的痕迹和印记。我知道:今生再难遇到像他,像亲人一样的异性同事了。

今夜,想起了他。茫茫人海,我们就像两颗沙子,被海水冲到了一起,有缘相遇,相识,最终又分离。谁都没有固定的位置,谁都把握不了结局。看着楼下小区像游泳池那么大的环岛长条形的金鱼池,金鱼已在夜的梦乡里。记得白天工人把一些金鱼放下去,把一些捞起来转移。当时想:很多人都羡慕自由自在的鱼,可谁会想,它们也有无奈的心事?它们也无法逃脱与亲人、朋友、爱人分离的结局?谁想过,他们的生杀予夺大权掌握在人类的手里?

人类呢?

前不久接到一个消息:我的婶婶得了癌症,不久就要离世。继母亲,我最亲的亲人离世之后,又一个亲人要离去,到那我的梦中也无法再触及的距离……

我的朋友,我一起长大的朋友,我一起读书的朋友,我一起共事的朋友,有几个能在一起共享欢乐,分担心事?而不天各一方,相聚遥遥无期?

  我最爱的人,最终成为我心中的一颗泪钉,轻轻一碰,便泪如泉涌。在这寂静的夜晚,看着远处的路灯,看着分立在路灯两旁的树木(今天还站在那,明天还会在那吗?)我仰望苍穹,不禁问:谁在决定人类的聚散离合?人类的生杀予夺大权掌握在谁手里?

  据说人死后,过奈何桥时要喝孟婆汤,这样就可以前事尽忘。下一世,她是她,你是你,互奔东西,各不相扰。今生,来世,你忘了,她忘了,在旧的城市,新的皮囊再度相遇时,也许是他,也许是她,就是你上一世梦牵魂萦,喝下孟婆汤时不舍的那滴泪。可今生,就算日日相见也只是隔岸相望,即使擦肩而过,也已形同陌路。没有什么海枯石烂,没有什么三生三世。孟婆汤,多好的健忘药!多好的止痛药!生离死别,相爱陌路,有哪一样不是身心疲累、肝肠寸断的往事?为什么人非要死后才可以喝那碗孟婆汤?为什么不可以在禁不起悲痛时将悲欢都饮尽,前事一笔勾销,一饮而尽忘?

  我的朋友,我们匆匆一聚,就转首分离,从此天南地北,人事茫茫。我们今生还有缘相见吗?你在远方还好吗?

今 生 相 遇

（尊贵友情系列：写给挚友凤）

那些时光，如雪，纯；如风，清；如月，朗；静坐在季节深处，不问悲喜，安之若素。

经年，季节几经变换；辗转，岁月无数轮回。又是潇潇冬日，外面呵气成珠，寒风刺骨。在我心底，你却是那午后阳光，温暖、绵长。

人到世间一遭，从起点到终点，山一程水一程，漫长的旅途，驿站无数。茫茫人海，人如流沙，或错过，或擦肩，或结伴而行。无缘错过，捻一色丹青，留一纸空白，于风景明媚处，又一方天高云淡；有缘擦肩，一念之间，低眉回首处，莫叹缘浅；若能结伴而行，莫怨相牵不远，光阴的两岸，你的眉眼，或许就是，我一生的水源。

还记得，毕业20年后的那场同学聚会，杯盏交错之际，你站在我旁边，以一贯不紧不慢的语气对大家说：我也不知道为什么，像这个这么傲气的人，居然和我做了20年的姐妹。其实，我没有显赫家世，也无骄人成绩，我的傲气，只是天性中表面的冷和对一直坚守原则的不妥协。知我之深，我知道你懂。

　　回到我们相识的校园，一切已经面目全非，却更加整齐归一，充满现代气息。那时的校园原始而简陋，那时的学生没有MP4，没有手机，没有标准尺寸的男女学生头，更加没有个性且叛逆的金毛红发。夏天的风吹过我们长长的黑发，唱着当时流行的《小草》，我们穿行在阳光明媚的校园，像小草般快乐。校园的树木参差不齐，沐浴着雨露、阳光，树下的杂草恣意生长，路边的小野花，有着最原始的馨香。我们同住在学校，饭堂打饭有你，打水洗衣有张伶，打趣调笑有李娜，你们几个前呼后拥，那时的我浅薄且张扬。

　　多么快乐的年少时光！

　　福兮祸所伏，因规劝一个姐妹不要早恋，得罪了有黑社会背景的男方，在学校他就蓄意打我，适逢高考，父母唯恐我出意外，一再商量对策。当时你已回家做了一名小学教师，还记得你当时说的那句话吗？你说：我陪她去！如果他敢动刀子，我叫他先捅我！

　　高考三天，你随我同行，同吃同住，连考试，你都守在门口。三天安然度过，高考顺利上榜。这件事和你，从此刻在我的心底，无论时光如何冲洗，都是我这生不可磨灭的印记。多少时光已经远去，多少人事面目全非，多少往事模糊不再，你说的那句话，隔着光阴，在历经无数人情冷暖之后，仍会穿越时空而来，在我心底，日渐清晰。从小到大听过多少英雄故事，你是我心底最真实的巾帼不让须眉。

　　因你相邀，我们对月焚香，桃园结义，成了结拜金兰的姐妹，发誓生死相依。

　　你是我敬佩的姐姐，认识你是我今生的福气。

　　高考后我读大学，你从一名小学教师，几经周折，成了一名镇政府机关干部。放假时，我们形影不离，父母都把我们对方当作自己的女儿。工作后我在广州，远离父母，常常是你膝前侍候，奉汤送药。我性格急躁，爱生气发脾气，常常是你慢条斯理，娓娓道来，让我不得不佩服你的慧智。

你是我最心疼的姐姐，真希望有一个可以依靠的臂膀，让你有福气做一名小女子。

你坚强、能干，有一股不服输的锐气。你说得最多的一句话是"我不相信别人能做到的我做不到"！工作之余，你开花岗岩厂，雇工人，找销路，照顾子女，支撑着整个家。我知道你心里的苦衷。我一向脆弱敏感，一生流泪无数，可是这么多年，我从来没见过你流过眼泪。2011年我在四川稻城、亚丁旅游途中，接到你母亲去世的电话，这边我已经泪水涟涟，也只是在电话里听到你一声哽咽。啊！姐姐！我亲爱的姐姐，我多么希望你能踏踏实实地流一次泪，痛痛快快地哭一场！

其实我知道，读书时你就爱舞文弄墨，熟知唐诗宋词，你心中也住着一妩媚女子，你不知道我有多心疼你……

20年，一直是你热爱我，做我的影子，可是你不知道，在我的心里，你一直是我最佩服的女中豪杰，是一位不可多得的奇女子！

原来，世间所有的相识，都是久别重逢。寄一份旷世的期盼，执一念执着的寻觅，两颗坚定的心，续一份未了的宿缘，种一世浓厚的情意。

久别重逢，是，前世执念，今生相遇，一路相伴，不离不弃。

今 生 今 世

(尊贵友情系列：写给挚友祺)

游走红尘，多少朱颜更改，岁月蹉跎，几多缘聚缘散。来不及细细斟酌，生命中的千山万水，已然一一告别。你我，却跳不出尘世之外，将万里浮云一眼看开。

所以，当你在一片欢笑声中，遽然看到远处袅袅的炊烟，远山如黛，一切悄然退隐。你身边奔跑欢笑的子女，一旁怡然享受天伦之乐的先生，远处的粉墙黛瓦，刹那间都成了无声的背景。只有那缕炊烟，在苍茫天地间，飘飘渺渺，无所依托，不辨来路，不知所终。你说，那一刻，突然间，你满满的一腔伤感，莫名地就落了泪。

是的，那样突如其来的哀伤，我懂。

这么多年流离在外，做不完的梦是我和故乡最亲密的牵扯。而每个梦，都与老屋有关，每个梦，都充满了眩惑和恐惧。与你细细说来，你说，听完我的梦，你的心里充满了悲戚，偶然想起，内心也是难过不已。为我那么小就惶恐不安的童年,为我一辈子充满血腥和诡异的梦境。

谢谢。那种骨子里的悲凉,你懂。

每个人都有一个死角,自己走不出来,别人也闯不进去。我把最年幼的触角触摸到的无助和恐惧,长大后触碰到的伤感和悲凄,一一摆放在那里。明媚阳光下,我用微笑掩藏悲伤;夜凉如水时,我用眼泪安慰疼痛。总想,如果记忆足够深埋,如果岁月足够久远,终有一天,一切都会成为过去。可是,某一个夜阑梦寐的黎明,某一个时光静止的午后,某一个晚霞散尽的黄昏,一个不经意的瞬间,一首歌,一阕词,一句对白,一段文字,便能勾勒出所有的往事,往事里所有的记忆。

所幸,记忆里有温暖的你,陪我经沧桑,沐风雨。

记得初相识。那时,我刚来单位,人生地不熟,你打听到有个老乡前来报到,两棵苍翠的榕树中间站着一个平实的你,远远相迎的一张笑脸,让缘分从此不离不弃。

没有太多跌宕起伏的情节,没有太多热火朝天的故事。有时,人与人之间的相遇,只是从平淡走向真实。我是家中独生女,历经那个年代的人无法想象的高龄父母诞女的曲折故事。而你,是高龄父母产下的老幺,众哥哥下面的唯一女儿。我虽集父母万千宠爱于一身,却从小体弱多病。你和众哥哥年龄相隔甚远,父母年老无力,你以自卑度日。

你是一个聪慧的女孩,从小就懂得让后天的优秀来战胜骨子里的自卑,你一直很努力。高中文科成绩全校第一的你,仍是常常顾影自怜,患上抑郁症,险些自杀。而处于叛逆时期的我,因无法忍受父母的争吵不休,也差点走上不归路。

你我就像是对方的一面镜子,能照出最初的或自卑或软弱的自己。

同一片天空下,繁华喧嚣的街道有过我们开怀的笑声,绿树如盖的珠江堤岸留下我们漫步的身影。相伴的光阴里,一起坐看木棉花开，细数流岚飞逝。你熟知我的每一滴眼泪，悲伤着我的悲伤。我快乐着你的快乐，明白了你的每一声叹息。

记得吗？在广州购书中心旁边的四楼茶座，从中午12点到晚上10点，从吃中午饭到茶楼打烊到再吃晚饭，从太阳高悬看外面人来人往车水马龙到满城霓虹灯亮人稀。经常见面的我们，像分隔多年的朋友，天南地北，话短情长，等到电话铃响，才惊觉已是十个小时。

还记得，前年你们一家去云南旅游，途中在丽江买了一栋130多万元的别墅。你打电话来说，那里养老真的很好。然后你说，多希望我们可以做邻居，在那种感觉不到时光流动的世界里一起老去是多么幸福的一件事。我说，我哪来那么多钱？你说，你有50万元就可以。知道吗？那一刻，电话这端的我流了泪，心底只有一句话：感谢你的眷恋和珍惜。

有人说：看一个朋友和你的友情有多深，你有需要时向她借钱就可以验证。一般的朋友会推搪，好一点的朋友会考虑，比较铁的朋友会问清楚原因借给你。而你，是那种从来不问原因，只问要多少什么时候要，马上汇款从不需要打借条甚至过后会忘掉数目的人。

茫茫人海，你来我往，前世今生，何须参悟？这辈子能遇见你，肯定是我的前世留有余地，只为今生，你我成为知己。20年，多少云烟风雨，蓦然回首，灯火阑珊处，是你。

纵然，世间每一条路都是蛮荒荆径，一程山水一路人。纵使，尘世都是匆匆过客，每一片记忆都是如梦曾经。那么，剩下你我，必是，今生今世。

这辈子,感谢有你

(尊贵友情系列:写给挚友梅)

初秋,听说北方已有了寒意,这南国都市,这别墅群的三楼楼顶,微风送来的仍是酷暑过后的余温。这里远离市区,没有高楼林立下的视觉交错,抬眼看出去蓝色天幕下,一轮圆月,恍然是一大块洁白的画布,中间留了白,却在边沿泼了墨,蔓延出一片碧蓝,蓝的清澈,白的无瑕。此刻的月,该是万众仰首,却如此清冷寡淡。原来,繁华背后也有冷清。或许万众,只是为自己寻求一个可以安慰灵魂的图腾,瞩目后聊以慰藉"千里共婵娟"的夙愿。月亮,自有它天然的宿命,以四季,轮转阴晴圆缺。

忽然一声尖锐的呼啸升腾,炸开满天绚烂,楼下的欢呼声、尖叫声沸腾成一片海洋,欢乐满室。从小就怕烧爆竹放烟花的我,总是躲在远远的角落,捂着耳朵看那引线带着"滋滋"的响声,迅速地点燃,接受那巨大声响过后的心灵颤动以及由此蔓延开去的快乐。这样的人间烟火不属于城市。钢筋水泥的城堡,现代的享受,逐渐让这种原始而简单的快乐销声匿迹。

真的谢谢你。这样的夜晚友情甘香如酒，不饮自醉。我和祺，还有你，我美其名曰"广州三人行"，你们都是我最好的朋友，但我常常因为你毫无心机和我难以共鸣而心生闷气。直到有一天，你眉飞色舞地告诉我说，你儿子那么小，也能猜出我是你最好的朋友。我感动之余心怀愧疚。我常常好为人师，开解他人总说世上无完美之人有缘务请珍惜。一路走来，自己有多少不堪被你包容，却对你吹毛求疵，真觉得无颜对你。

成功的男人背后必有一个默默付出的女人，那个女人是你。我常常和人调侃：男人功成名就之后，必是"一人得道，鸡犬升天"，你是唯一的例外。这是我内心对你最大的肯定、赞赏和佩服。你依然是当初那个心地善良、淳朴、谦和、低调、古道热肠的女人。

孤独是一种与生俱来的病，我没有免疫力。你用一颗温柔、细致的心，体会我的点点滴滴。知道我怕节日，知道我难以抵御节日中别家兄弟姐妹你来我往的欢乐渲染下的冷清。你常常诚意相邀，让我们一家加入你和你先生的兄弟姐妹的聚会，感染几家亲人把酒言欢其乐融融的气氛，感受那份不是亲姐妹胜似亲姐妹的怜惜和温暖。

你一直是一个温暖的人。20多年了，记不得这是第几次和你的亲人们在一起过节。只记得，杯盏交错之际你说的一句话："我们虽不是亲姐妹，干姐妹也是姐妹，不需要形式。"眼底，便有水雾涌起，微微地潮湿。

其实，本来什么都不用说的，一脉眼神便知人情温凉。有些深情，本应深埋兼葆体内，待年久失语。今夜的圆月勾勒出的温情，终是打湿了眼眶，趁羞涩还没仓皇出逃之际，对你说：真好！这辈子，感谢有你。

后　　记

　　我爱花。在我眼里，每一朵花，都是自然界的精灵。我总想，我的前世，肯定是一朵浪迹天涯的花，于是就有了《结局》里的诗句"落英缤纷\ 繁华的极致\ 是一场没有救赎的泪落如雨\ 我懂花语\ 或许\ 我本来就是一朵浪迹天涯的花\ 用尽一生的力气\ 开到荼蘼\ 也不过是\ 想\ 在我最亮丽的时光里\ 让你遇见我妩媚脱俗的样子"。

　　我爱花，既爱那一树一树的团团簇簇的热闹和温暖，也爱万绿丛中一点红的孤单和冷清。爱那蓬蓬勃勃地来，轰轰烈烈地活，悄无声息地去。来，本是应节而生，不为谁，无喜无悲；去，也是应时而谢，灿烂过，鲜活过，不惊扰谁。昨夜入梦花亦容，醒时惊觉花如雨。所谓花有花语，不过是人类借花寓情的印记。

　　众多的花中，最喜两朵：火百合和睡莲。火百合，爱它纯白中衍生出来的那抹胭红，以及那股源自缘分般的香气。曾经开玩笑地和先生、儿子说："哪一天我不在了，什么都不需要，逢年过节，你们到我的坟前摆上一束火百合就行了。"

后　记
此情·此景·此心

　　喜爱睡莲，是因为《梦江南》这首歌。读大学时，每天早晨学校广播叫醒我们的就是这首歌。半梦半醒之间，惺忪蒙眬之际，一句"不知今宵是何时的云烟，也不知今夕是何时的睡莲，只愿能化作唐宋诗篇，长眠在你身边"的歌词，以及梦幻般的绕梁演绎，恰如梦境，不知不觉中，爱上了睡莲慵懒的娇态和妩媚。所以，整本书的插图，包括封面，都与花有关。

　　有些喜欢，毫无缘由，或者说，缘由就是，因为喜欢。比如写作，高中时就有一些离奇古怪的喜欢。或许那时候就知道，内心有些东西，总会无从倾诉，无法宣泄，无人托付。文字是最好的东西，它静静地随意地在某个角落，安然地和你相对。没有同情，没有怜悯，没有嘲笑，没有出卖，没有背叛。它是这个世界最坦诚的相对，最真心的陪伴，最安全的托付。它仿佛是一束梵香，束之高阁，却能直达内心，让人的灵魂归于平和与宁静。

　　与陈慧琼老师的相识，是一种缘分。我相信缘分。我总想，上天是负有使命的，它总会在某些时候让你做一些事，识一些人，结一段缘。认识陈老师，是广东省作家协会副主席张老师热心引荐的。陈老师是《散文诗人报》总编，广东省作家协会会员，中国散文诗学会常务理事，中外散文诗学会副主席，中外散文诗学会广东分会主席，是国内外颇具影响力的散文诗诗人。陈老师是土生土长的广州人，真正的西关小姐，她身上具备广州人的真诚善良、务实勤奋、平实近人的优秀品质。她出过不少书，帮助过不少热爱文字的人，我是其中的幸运者。陈老师身兼数职，常常百忙中抽时间细读我的文章，和我推敲，给我指正，推荐发表。这本书的问世，主要是陈老师的促成。陈老师是我真正意义上的良师益友。

　　认识罗铭恩前辈，是因为我们都有文字在陈老师主编的《2013中国散文诗年选》发表，一起与陈老师约见。罗铭恩前辈是广州市文学创作研究所原所长，广州市作家协会原副主席，现

《中国粤剧网》执行副主编。罗铭恩前辈擅长文学创作、散文和散文诗，诸多文章在各大书刊发表……罗铭恩前辈也是地地道道的广州人，第一次见面，谈起我要出版一本书，罗前辈非常热心地答应为我写序，不遗余力为后辈新人做嫁衣。

有一种人，乍看起来其貌不扬，可是他有一种力量，这种力量，即使气宇轩昂的人也未必具备，那就是，他让人觉得可以信赖，放心且安心，钟永源副编审就是这样的人。这本书的出版有过很多机缘，最后花落中山大学出版社，绝大部分原因是因为中山大学出版社的策划编辑与责任编辑钟永源老师第一次面谈直觉告诉我。我把这本书交给钟老师，找对人了。后来的审稿和编辑加工，钟老师负责任的工作态度和认真、细心、严谨的工作作风，让这本书最终尘埃落定。钟老师撰写的"编者按"，着重以我从教职业所具备的情愫，以新的视阈和精练的语言对我的文章给予高度的赞许和肯定，让我如遇知音，为本书增添光彩。

感谢轻风妹妹和姚琼妹妹给我这本书做的所有插图，感谢所有好友对我出书的支持、鼓励和付出。万分感谢！